长安之安 ——

肖云儒 著

西安出版社

图书在版编目（CIP）数据

长安之安 / 肖云儒著. -- 西安：西安出版社，
2021.6（2022.6重印）

ISBN 978-7-5541-5324-6

Ⅰ.①长… Ⅱ.①肖… Ⅲ.①散文集－中国－当代
Ⅳ.① I267

中国版本图书馆 CIP 数据核字 (2021) 第 106512 号

纸上长安

长安之安
CHANG'AN ZHI AN

肖云儒 著

出 版 人： 屈炳耀
责任编辑： 赵郁芬
责任校对： 卜源
装帧设计： 邵婷
出版发行： 西安出版社
地　　址： 西安市曲江新区雁南五路 1868 号影视演艺大厦 11 层
电　　话： (029)85253740
邮政编码： 710061
印　　刷： 三河市嵩川印刷有限公司
开　　本： 889mm×1194mm 1/32
印　　张： 7.25
字　　数： 104 千
版　　次： 2021 年 6 月第 1 版
印　　次： 2022 年 6 月第 2 次印刷
书　　号： ISBN 978-7-5541-5324-6
定　　价： 48.00元

目录
TABLE OF CONTENTS

友朋长安

艺闻长安

在几十年岁月中

和这座城市发生过的千丝万缕的关系

印证着一个人的生命

长/安//之//安

CHANG'AN ZHI AN

安居长安

西京搬家史

十年前的某个秋日，去省级机关房管部门交清了钱，领到西郊老机场新房的房产证后，我调侃了自己一句："现在本人穷得只剩下裤衩了。"

流年如风，这已是我当西安居民半个多世纪以来的第五次搬家。

最早住在城墙圈里，东大街老陕西日报宿舍，两人一间，先后同舍的三位同事，成为古都赐给我的第一批朋友。后来结婚了，换到陕报西楼俗称筒子楼里的一间房，一家三口人均不到五平米。十几平方米不但住下了一家人，还大床小柜、书桌书架齐全。有次竟然在脚地上支起折叠方桌，请 "笔耕"文学评论组的十来个人吃了一桌饭——当然，蒸炒煮烹是在走廊里完成的。记得杜鹏程、贾平凹、路遥、王愚等诸位"大鳄"，都屈尊赏光过我这方寸之地，寒舍于是响起鸿儒们的阔论。东大街那时算是我的前院，钟楼是我的门楼，每天傍晚携妇将雏散步一趟，固定的路线是：饭后徜徉东大街，走到钟楼往回转。

长安之安

20世纪80年代初搬到了城墙外，在安东街陕西日报新址有了不到五十平米的一室半小居室，人均十三平米左右。麻雀虽小，厨房（阴台改造）、厕所、阳台俱全。单元楼每家每户的相对隔离，让出身于集体宿舍的我不大习惯，但那种关起门合家欢的亲密，那种在空间上有了家庭隐私的感觉，又给了我一个男人当家做主的自信。妻子和儿子一天四趟行走于城墙根，一个往东去西安交大上班，一个往西去西安高中上学。没有暖气，我围着被子、呵着手在冬季写完了《中国西部文学论》和《中国当代文坛百人》两部书。没有电视，孩子趴在邻家窗外看别人电视里的节目，是那样刺痛了我们作为父母的心，第二天便借了部分钱，咬牙买回来一台14吋"牡丹牌"黑白电视机。在孩子满足的笑声中，当爸的心里泛起一絮淡云般的酸涩。

再后来，搬到了文艺路北口陕西文联宿舍楼，一户八十多平米的小三室，人均算是达到了二十多平米。有幸的是，开窗依然可见城墙，与碑林和董仲舒墓隔墙感应，离古城的城标——永宁门，即南门广场，也只一箭之地，文气和古趣是越发浓了。于是全家会议决定把南门广场收入毂中，定为家庭前院。散步路线改由沿护城河西行三百米，绕南门广场一周，打道回府。妻子在这时被评上教授，儿子在这时读完大学。但很快，一幢幢楼房南北夹峙，周边愈来愈金碧辉煌，小楼像误闯宫廷宴会的灰姑娘，灰头土脸，毫无光泽。只有下午四五点钟，对面楼上的玻璃窗才能将些许"二手阳光"反射到室内。无奈中，命名此屋为"谷斋"，署在这一时期所有文章之后。想不到的是，十五年后，我竟然被聘为文艺路整体改造工程的策划总顾问。小楼迟早要拆迁，能为老宅老友尽一份心，也算天遂人愿。

我曾经说，西京城墙是历史老人盖在华夏大地上的一方金印。几次搬家，一直不离城墙，是我的幸运。但十年前的这个秋日，终于不得不向它告别了。要搬过去的西郊，有一种空阔的荒凉，路正修着，生活必需品得在临时商店买。但这里属于新建的国家级高新区边界，高新技术产业正在疾速铺开。新家的"势"也挺大，不但面积翻番，还"高升"到二十多层，最惬意的是能在飞机跑道上散步。宽阔、笔直的跑道向天际展开，启动你奔跑、起飞的冲动。由城墙根到老机场，难道暗示着我和城市将同步现代转型吗？西郊的大变脸令人始料不及。在机

长安之安

器声的质感和动感中,公园取代了机场,绿荫碧波覆盖了混凝土。花朵似的人群和人群似的花朵掩映其中,生活随处暗香浮动。楼群四面八方涌出,以愈来愈姣好的姿容,在湖水中映照自己的倩影。两三年里,我们院子的楼群便已经显出寒碜,四周的美景逼得我不能不以公园为自己的院子,时时流连其中。

正为着结识了一批新朋友而高兴呢,想不到老朋友们又纷纷在这里露面,不定从公园的哪条小径上便迎面走了过来。"哈,咋来西边了?""搬过来了!"西北大学的、出版系统的、文界、书界、画界、艺界的朋友们,成建制地搬过来了,巴山深处镇巴县的老友也搬来享儿子的福了。城市的拓展,发出竹笋爆出土地的响动,那是春天才有的声音。每个搬家的人、每套新房背后,都有一段人生故事、一段都市故事,都是生存状态改善的一个信号、一个音符。它们组成了活力充盈的都市交响曲。于是,我在央视《精彩中国》节目中,有了这么一段说道西京的话:"西安也许正在形成三个文化生存圈:一个是古城墙内外典雅的传统文化生存圈,一个是二环内外活跃的现代文化生存圈,一个是靠近秦岭环山路内外休闲的后现代文化生存圈。"

可不是这样！

人搬了家，书也搬了家。在我家，书从来比人的待遇高，人只占两米见方的一张床，书们却满满当当占去了四个房间的二十四个书架——它们已经换装七次。七代书架，由自制的砖垒木架板，到泱泱君子风的落地玻璃柜。感谢陕西电视台摄制了专题片《肖云儒的七代书架》，将书们的迁徙纪实下来，见证了西京一位居民的搬家史。

人和书这么一搬动，神也有所动，心也有点想搬家了。打五十年前来西京，头几年适应北方生活，而后便是十载"文化大革命"，二十载中年拼搏，成天忙得把时间掰开来用，竟然少有兴致品味自己居住的这座都市。花甲之后，当我从绑架了自己大半生的理性思辨中抬起昏聩的头，蓦然回眸，西京竟是如此的百媚俱生！我这才开始认真阅读、品味这座城，继而解读、传播这座城，在人和城的顾盼中，建立起信任和默契，从此乐不思蜀，在各种媒体上说道西京，说道兵马俑华清池，说道古城墙大雁塔，说道终南山大明宫，说道芙蓉园大唐不夜城高新

长安之安

区经开区飞机城航天城未央宫广运潭楼观台书院门骡马市民乐园东汤峪，当然也说道西京的文化局限和精神缺失，引发掌声也引发骂声。我想，恐怕是因有爱有关切，才会如此喋喋不休、如此挑剔吧？

说就说吧，不，还不解馋。还厚着脸皮掺和到旅游、城建、策划的队列中去，假模假样干将起来。还别说，一卷起袖子便弄假成真了，干得煞有介事、干得乐在其中，越干和西京城越黏糊。

光阴就这样在搬家中匆匆走过。五十年、一万八千多天，我与西京城就这样耳鬓厮磨，就这样狗皮褥子没反正，就这样共着始终。

2010 年 11 月 27 日，西安

收藏自己

　　每去一地，总要买几样小工艺品回来送朋友，多余的便顺手撂在书架上随便哪个旮旯拐角，从此打入冷宫少有光顾，年深日久，便由文物成了弃物。

　　有次从外地回来，又不经意地朝书架的角落里扔下几样东西——一挂藏传佛教的念珠、一串玛瑙石五彩项链、一个盛水盛墨的朱砂瓷盂、一锭松烟墨，都是在不同的时间和地方买下的工艺品。内涵上它们构不成任何意义的关系，形制色彩上也组合不成审美意味，材料又极为寻常，在市场上怕是一文不值。玛瑙串珠可能是在哪个景点遮阳伞下的小摊上买的，大不了就是个塑料赝品；佛珠记得是在拉萨买的，虽然卖家指天发誓刚刚在布达拉宫开过光，也只能将信而将疑；松烟墨应该是正宗东西吧，而在书画家们都讲究效率和效益、大搞艺术批量生产的今天，两天就能写完一瓶墨汁，又有谁写毛笔字还慢慢研墨呢？几位难兄难弟被我就手一扔，便开始了它们漫长的、被遗弃的命运。

　　但命运有时真的是有偶然性的，真的。当时就那么一撂，它们恰好没有落在别处，落在了一匹唐三彩马旁边；而这匹三彩马又恰好不是我们素常见到的那类标志着盛唐精神的、像昭陵六骏那样扬鬣嘶鸣的光鲜一族，而是一匹垂着脖子、瘦着身子、浑身长着秃毛的老迈之躯，满身釉片掉得斑斑驳驳，实在很有点惨不忍睹。从它身上，你能读到天地尽头的风尘、坎坷终生的命运，能读到执着和忍受，能读到岁月和历史，还能读到西部戈壁和青藏高原上独有的那种悲怆、悲壮、苍莽、苍凉。看着它，你先得预防自己垂头丧气。

　　从青年时代起，我的心性便日渐偏于忧伤。当时，也许正是老马身上这种忧伤气质吸引了我，使我收留了它，让它在变幻莫测的世界有了这么一个栖身的角落。

　　当几件工艺品"啪"地落在三彩老马旁的刹那，我心里也"啪"地亮起一道闪光、一种创作的意念和冲动。我想，这几个素不相识的物事，是不是可以构建起一种审美关系，是不是可以给它们植入一种值得咀嚼玩味的意义和意味呢？

　　我趋近身子，将自己年迈而很难蹲下的身子，硬是艰难地蹲下来，用颤抖的手笨拙地拾起才扔下的几件工艺品，开始精心地布设，很快便进入了艺术创作的佳境。三彩老马先置于中间，作为主角，那是必须。玛瑙石项链挂在躬向土地的颈部鬃毛上。这衰弱得垂下来的脖子和鬃毛曾经昂奋高扬过，驭风驰骋过。它有过生命和事业的华彩，有过一切已成梦幻的烟云岁月。 朱砂色的瓷盂，墨迹斑斑，放在老马垂首待饮的前方。难道老马以饮墨来维系生命？可不，它背后书架上几十种著作，可以说已经印证了这一点。

　　那串念珠，随意垂挂于墨盂内外。这是信仰，是老马执守终生的生命高标。这信仰浸在墨汁中，又走出了墨盂。前路仍然是永远地行走，最后的归宿是避免不了的死亡。但与死亡同在的仍然是理想。明知这归宿无可逃离，也要墨迹淋漓、至死不渝地走下去，走向那没有终点的终点。

　　只是这画面中没有人，没有骑手。马就是人啊，马就是我啊。我大约比这匹老马还要老。我与它一道穿越理想和死亡，隐忍而缓慢地前行。老马的一只耳朵早已碰掉，前额的釉色也已剥落，兴许是世间仇恨的、嫉妒的、误解的箭矢，或是大戈壁狂风中的飞沙走石留下来的印记。而它只是埋下头前行，沉默之后，还是沉默……

这组藏品瞬间由弃物变为宝物，成了我的最爱、我的私密。我常常忍不住想炫示于人，却缄口如瓶，欲言又止。多么想与友人共享这次创意收藏的乐趣，又怕自己的独享在共享中流失，造成遗憾。那以后，我时不时会无声地凝视它，心绪泛漫而不能自拔，每每会生出一点顾影自怜或酒逢知己千杯少的感觉。老马的沉默，总让我觉得那是大音希声，觉得它低垂的眼能够洞察一切。

由于写作职业使然，素来的孤独又会反激出倾诉的欲望。这欲望如若冲破了保护私密的堤防，不幸就来临了。有一次友人聚餐，我酒后失言，竟炫耀起自己这个大内藏品来，一时天花乱坠，刹不住车。在座恰好有位年富力强的摄影艺术家，当下便绑架了我。他身挂七八个部件、十几斤重的专业相机，立马拉上我要去家里拍照。我极力推辞，告饶，他借着酒劲，连声说我不够朋友，声调越走越高，已是不由人分说了。路上打架似的抢着付出租车费，我掏现金他刷手机，哪里抢得过这位好汉？

大约就是摄影师来我家拍照之后不久，我梦见了这匹老马，它似乎在埋怨我让它曝光了。我安慰它，说你能与同类、与人类倾诉，不也很好吗？它说哪有你们人类那么多的废话、那么多的大惊小怪和多愁善感！我只愿像牛反刍草料一样，将一切默默消化在心里，只留下远方。

几年后，我有机会跟着车队跑丝路，几度穿越中国西部的巴丹吉林、腾格里和塔克拉玛干大沙漠，也穿越过中亚的克孜勒库姆沙漠，一不小心就会看到远方孤独的野马和沙驼。它们永远在沙砾之中低着头寻找，要不就抬头望着长天尽头的日出或日落。的确，我很少听见过它们的嘶鸣和呐喊，它们永远在用缄默向你暗示着什么。

我收藏了这匹老马，也便收藏了自己。我们相伴永远。

2019 年 11 月 17 日，西安

椒园五忆

■ 椒园缘起

在中国文字中，"西安交通大学"是一个大词。对于中国的高校，对于中国的科技战线，对于西部和陕西，乃至对于中国近现代史，这个词都是一个不可忽略的大词。在千千万万莘莘学子和他们家长的心中，这个词更是一个在人生道路上打了着重号的大词。

但对我则不然。西安交大所有的宏大叙事我都了然于心，它让我充满豪情。不过，这所"巨无霸式"的学校留在我记忆深处的，更多的是属于私人话语和私密空间。那层层叠叠的楼群，那灿烂如云霓的樱花道，那从教室里喷涌出来、满挟着求知和思考、憧憬和理想的人流，那无计其数的夜灯和夜灯下苦读的面影，还有盘桓在食堂中长龙般的队伍，还有泛漫在饭桌上胜似美味的谈笑……我都不是一个旁观者，可以说其中无不有我。旮旮旯旯，有着我人生的小场景再现；断断续续，有着我生命的曼陀铃在弹拨……

我给这只属于我的西安交大，起了个只属于我的名字——椒园。我并不知道美丽的校园里是不是有葱葱的花椒林，它只是个谐音，却平添了一点浪漫，悄悄地传递了一点我和交大的亲昵，也便有了特指的感情内容。

自 20 世纪 80 年代的中后期开始，我写的许多文章结尾落的地名出现了"椒园"二字，"某年某月某日于西安椒园"，那指的便是西安交大的校园。不要以为我是在交大书如烟海的图书馆中，或是在温馨明净的小蜗居里完成的这些文章，不是的，大半是在随便路过的哪幢楼的哪间教室，或小小的师生答问室中写就的。因为我要选择孤独、陌生和安静，这是比咖啡和热茶更好的写作环境。

后来，大约十年后，当我搬到西郊现在住的"不散居"时，曾将自己改革开放以来的人生轨迹，以先后四个居住地的名称缀成一联，书于宣纸，那便是——

才从岚楼椒园过
又抵谷斋不散居

岚楼、椒园、谷斋、不散居，储藏了我三四十年的生命。长安城里小有名气的烧瓷专家魏庚虎先生，还将这个毫无平仄、只有忆念的联句烧在一个大青花瓷瓶上，几十年过去，现在仍然庄严地放在我家客厅大书案的正中。

二 "傅堪"与"姐夫"

我为什么把交大校园当作我的"椒园"呢？这就要追溯到一个更早的故事。

1977 年，因"文化大革命"而中断了十多年的全国高考恢复。夫人李秀芳是 1966 年的高中毕业生，当时她正在紧张地备战高考，却遇上了"文化大革命"，全国停课、停考"闹革命"。这一耽误就是十二年（她是在 1978 年，即恢复高考第二年参加考试的）。十二年中，她下乡当农民，当民办教师，当县办工厂工人。十二年的光阴，毫不留情地让她由十八岁跨进了三十岁的门槛，让她由少女而结婚生子，而成为支撑一个家庭的主妇。那永远追讨不回来的残酷的十二年，粉碎了她的大学梦！1977 年恢复高考，我与她心里立刻"死灰复燃"。为了有更充裕的时间复习，她决定参加第二年（即 1978 年）的高考。这时孩子也要从幼儿园升小学了。她辅导孩子，我辅导她。

这一考，她竟然阴差阳错地成为西安交大的一名大学生，孩子也成了西安开通巷小学的一名小学生。从此我与交大校园开始了近四十年纠缠不清的缘分。

三十岁上大学，比班上最小的同学大了十多岁，这使妻子荣获了班级"大姐"的荣誉称号。正是这位"大姐"使我进驻了校园，成为西安交大一名正式的眷属。她在女生宿舍占了四张架子床中的一个床位，心理上，这也成为我可以"归家"的一锥之地。可大学一年级却早有了丈夫和孩子，同班的高中才毕业的应届生们多少有些新奇，她也多少有点尴尬，所以平时我基本不在他们班露面。有次突然要去外地出差，必须给她交代孩子，那时没有手机，宿舍也没有座机，便硬着头皮去了女生宿舍。她恰好不在，我向舍友借了纸笔，留下了一张便条，便条落款"傅堪"——这是我所供职的陕西日报"副刊"的谐音，她一读便懂的。

不想惹下了"祸"。过了好些日子，我早已将此事淡忘，有次去她们宿舍，不料全舍女生大喊："姐夫傅堪到——"然后叽叽呱呱地揭秘，说姐夫就是姐夫，还有什么不敢承认的，什么劳什子"傅堪"？啥事都别想瞒过我们！这便成了一段佳话。"姐夫"我也就成为他们班上许多人的习惯称呼。这习惯延续了几十年，直到现在，夫人的同学们已经先后成为老头老太太了，见面依然"姐夫"长、"姐夫"短的喊。每当听到有人喊"姐夫"，我内心便会启动"交大专用频道"。那是"椒园"，对，是"椒园"在呼唤和感应你啊！记得"椒园"这个词冒出来的那一刻，"姐夫"心里漫开了一泓暖意。

在椒园当上这个长青不老的"姐夫"，让我得意了大半生。

☰ 陌生的闯入者

那时候我所在的陕西日报社离交大并不远，就两站地，但报社只一间住房，晚上妻子自己复习，还要辅导孩子，我也正好开始了专著《西部文学论》的写作，也需要一张书桌和一份安静。最合理的安排，便是下班、下课后，她由学校沿咸宁路西行回报社宿舍，与孩子享用宿舍，我则逆向东行，从报社骑自行车去交大找个地方写书稿。

在古城暮色初降的时分，我俩每天这样相向而行，她在路那边，我在路这边，中间是五颜六色流动的人海，是喧嚣的机动车流和自行车流。有时很向往在路上两口子不期然相遇的那种感觉，但这机会实在太少，记住了的只有一两次，到了南廓门附近，看见她由东往西，浮游在车流人流之中，缓缓地前行。我曾经停下来，想喊，终于没有出声——在闹市中大喊，近于神经病发作，况且再大的嗓门也无法被对方听见。我在路边倚着自行车，便这样看着她迎着夕阳缓缓地飘过来，在我面前旋转180°，又缓缓地飘过去，消融在夕阳金色的逆光之中。"肖老师，您还有这样罗曼蒂克的记忆呀！"哪里罗曼而且蒂克啊，那是带着苦艾气息的记忆，真的，咀嚼起来苦涩苦涩的。

我从交大北门（那时候的正大门）进到校区，并没有固定的目的地，而是随兴所至，在某一幢楼、某一层的某个教室，找到某一个座位，落下来。这个座位通常是远离自习学生的最后一排最偏僻的角落——为了安静，也因了自感在年轻的学友中多少有点"另类"。然后，铺开资料，也铺开思路，进入写作。

晚间的交大教室，那是从事思考性劳动多么理想的地方啊！谁也不认识你、不打扰你，每个人都沉浸在对知识的专注之中，无暇顾及周围。它形成了一个场，一个孤独的思考者的精神文化场。你受着这个场的影响和制约，也在这个场里制约与影响别人。不经意大声咳嗽一下，也会脸红。这个心理场和情绪场，以一种强大而又看不见的引力波，将你带进外层空间，满目湛蓝碧透，忽又电光火石，倏尔湍流般飞舞回旋。创造性精神之光辐射出的那种灿烂与瑰丽，真是目不暇接，美不胜收。每每不知不觉几个小时就过去了，直到教室里的同学们都走完了，我才万分不舍地开始收拾我的战场。

每晚回家的路上，总会路过一个卡拉 OK 歌舞厅，里面也总会传出那个年代的各种流行歌曲。刚刚经过精神劳动神圣洗礼的我，此时此刻会对这类音乐产生莫名的歧视，会紧蹬几下自行车，尽快地逃离——是"椒园"让人高洁了几许么？

整整一个春季又一个夏季，我每晚在椒园去来。甚至形成条件反射，上了瘾，不去教室写不成文章，有时周日的白天也去，中午就在学生食堂吃饭。混在比我年轻一大截的学友中排队买饭，有同学会以诧异的目光看我一眼。我也会根据这目光，给自己编各种故事，聊以解嘲。比如他们会不会想：这个半老头为什么放假不回家，伶仃孤苦地与我们这些快乐的单身汉混在一起？是离异了？是夫妻反目，被赶出家门了？自怨自艾，又哑然失笑。回到家里也会把这些想法当做夫妻间的谈资，往往能够忽悠到妻子动情的回答：下次我给你送饭，加一份肉饼！肉饼可是我的最爱。

四 两任教授

妻子毕业时，我曾想着，怕要和徐志摩告别康桥一样，告别椒园了。不料天公作美，她被留校任教，从此成了人文学院的一名教师。看来我与椒园的故事不会匆匆结尾了。

我们在椒园中开始有了自己的房子，而且先后搬了好几处。记得妻子刚毕业是在教学区里的一个单身楼，她与留校任教的同班同学刘英、张延冬共处一室，放了三张床。张延冬是他们班的"班花"，甚至被公认美冠椒园，后来去深圳发展，成了

长安之安

大型国有企业的党委书记。刘英也了不得，一家人都是学霸，兄弟姐妹在世界各国名校拿学历，她也准备考北大哲学系的硕士研究生，好像报的是贺麟先生的研究生。为了不打扰她，我们基本不去那间房子。只有一次因为要取什么东西，才去了。刘英恰好不在，房间十分朴素自然地在我眼前呈现开来。有几样东西很触动了我：书桌上堆着的书和翻开的书，还有密密麻麻的笔记，台灯旁放着备用的白蜡烛和火柴，还有拆开了的点心盒。这一切，组合成一种苦读的情境，传达着一位苦读者的形象。这是我和妻子一生向往的境界，我内心不由涟漪迭起。果不其然，后来刘英考上了北大哲学系，而后又留学、定居德国。站在那间房子里，我对妻子遽然有了一丝内疚。因为我、因为这个家，生性好强的她怕是再也难以进入这种苦吟、苦读、苦思、苦行的境界了，而她的成绩和心劲本是完全可以追随刘英去登攀的。

后来，我们又搬到校园南边菜地前的一幢楼里，再搬到交大一村一个叫苹果园的地方。我所熟悉的朱楚珠先生、钟明善先生和著名作家叶广芩女士（广芩是时任人文学院副院长顾明耀教授的夫人），还有更多的院士和自然科学、技术科学的知名专家，都住在这里。我不熟识他们，但从那些 20 世纪 50 年代的苏式老房子群落中，分明能感受到一种气场，不仅是知识的气场，更有情怀和境界的气场。苏东坡在《祭欧阳文忠公文》中给予乃师欧阳修"斯文有传，学者有师"的赞誉，而欧阳公晚年也曾交代他的这位学生"我走将休，付斯文"的重大文化使命，苏东坡当即叩首受命，表示"有死不易"。古城东侧的椒园，正是这令人景仰和心仪的"斯文有传，学者有师"的幽深高古的去处啊。

大概是"近水楼台先得月"吧，不知何时开始，交大人文学院开始请我就自己熟悉的领域讲点课。先是给本科生，后来给研究生；先是讲文学，后来讲文化。在 1200、1300、1400 大教室，在管理学院的阶梯教室，在人文学院、"学而"讲堂和彭康学院，都留下了我与学友们授受交流的记忆。20 世纪 90 年代中期，人文学院在我的一次学术讲座之前，举行了聘任我为兼职教授的仪式。潘季书记到场，顾明耀副院长发的聘书。因生命渐入衰年，我一度辞去教职。到 2014 年，人文学院又一次聘任我为兼职教授，这次是张迈曾书记到场，边燕杰院长发的证书……我与我的椒园，相互的进入是愈来愈深了。

在所有讲课中，我印象最深的是十多年前给本科同学讲《怎样成为文学家和成为怎样的文学家》。当我讲到在现代工业社会，文学、诗是人类与自然最后的生命通道，这时突然全场停电。先是一阵寂然，几秒钟后，组织者开始小声商量办法。很快，一位女同学点亮了不知从哪里弄来的蜡烛，用手护着光焰走到讲台前。我忍不住感慨：黑暗，在所有的青春面前只有一条路，那就是退却！在交大学子面前更是只有两个字，那就是——逃遁！场内兀地爆发了掌声、叫好声、跺脚声，真个是柳暗花明又一村。我们在烛光下继续着文学的对话。二十分钟后电来了，有同学喊：不要开灯，就在烛光中讲！我于是又讲了一段很动感情的话，我说：同学们自己看不到烛光中的你们是多么美！你们在烛光中闪烁的眼睛，渴望地探寻着无知的世界；你们被烛光映亮的脸庞，有一种青春的光泽。这一切都感动着我。我想告诉你们，青春天然美丽着，青春也天然文学着，让生命自如地、以美的方式展示吧，这正是文学艺术的真谛。

五 雄辩天下

1996 年，西安交大学生辩论队一举夺得"全国名校大学生辩论赛"冠军，此后几年也一直名列前茅。这不仅是学生辩论队的胜利，更是西交大师生水平、人文素质的一次综合展示。我有幸在辩论队的教师辅导组忝陪末座，给辩手们讲过两次关于中国文化的背景分析，进而相互研讨了一些问题。这都是一些好生了得的同学，也许我的讲述满足不了他们的要求，但那种如切如磋、如琢如磨的情景却永远留在了我的脑海里。

我在给西安交大辩论队文集写的序文中，将辩手们称赞为精神格力场上的射手、驭手、快枪手、重炮手。那是一群在智慧和精神的火拼中，浴血挺立、浴火重生的勇士啊。一直到现在，那次辩论队的几位主力——路一鸣、樊登、郭宇宽，依然是校园内无可争议的明星，拥有一茬茬的粉丝，也和我时不时有着交集。

郭宇宽后来云游四方，在北京、湖南、广东好几家大媒体干过，期间在中国传媒大学读博，在清华大学读博士后。有几年，他被陕西卫视邀回西安，担任人文话题节目《开坛》的开山主持，整天与易中天、于丹、朱学勤、葛剑雄、朱大可一干人对话。我也在这个讲坛上与他多次搭档，天文地理、历史现实无所不谈。小郭声音厚重，语感沉稳，视野宽阔，视角独到，常常在行云流水的对话中，杀出几匹黑马，让你猝不及防。他引领了《开坛》节目重质厚文的风格。后来宇宽出了很多书，每来西安，常邀叙谈。我还作为对话嘉宾，出席了他的新书《开放力》的恳谈会，又一次品茶开坛，又一次重温旧梦。

我写丝绸之路万里行的书《丝路云履》出版后，很快再版。出版社为了扩大影响，再版时邀请享誉全国的"樊登读书会"做一个悦读专场。组织者兴奋地说：原来我们老大樊登与您是老相识，年轻时您给他们辅导过辩论赛，他很仰慕您呢，专程赶来筹划这次悦读会。这我才知道，这个利用互联网优势组建的读书会，在全国有二十五个分会、好几万听众，竟然是当年交大辩论队的那个叫樊登的小伙子搞的。这些年他北漂央视，南渡沪上，早已是成功人士，但永不忘读书、传播文化，每周自己研读一本书，然后给他的听众讲解、剖析一本书。走遍天下，不失椒园本色！

至于路一鸣，我们几乎"天天见"，因为我们家看中央电视台节目最经常、最集中的时间，就是午饭时分，佐着好节目，边吃边看。那正是《今日说法》、正是路一鸣主播的时间，所以我们家经常将节目名称说成主播名字：时间到了，快看路一鸣！

2016 年 3 月 17 日，西安

我的暮窗

说来惭愧，写下这个题目，好像我有一个多么舒适豪华的家，家里有一扇多么有情有调的落地玻璃窗；好像每天可以站在窗前，赏终南的夕照，听归林的鸟噪，看晚霞在沉落前壮丽的燃烧——读者诸君，你们全错了。

我住在这座大城市成千上万被砖墙隔开的一个小居室中。倒是有个窗子，上下三块玻璃。窗下是一个三班倒的区办工厂，以一道分贝很高的噪音墙，挡住了听觉。对面是座五层的灰楼，严严地挡住了视线。每临傍晚，夏天可以看见灰楼上一道道窗帘被拉开，冬天可以看见一个个窗口灯亮起来——双职工们下班了。然后，锅碗瓢盆的交响便穿过那音响墙，传到耳中。

这就是我的暮窗。我常在窗下作临暮之思。起先，心头还别有一番滋味；久了，觉得未始不是一种风情。

我们这些上着班而又业余写点文字的人，每天难免像乡村老农一样，安排上午、下午、晚上三晌活路。晚饭前后就成了难得的一段空隙，像是白天和夜晚两堂大课的课间休息。在这段时间，朋友可作短促的走访，家人可交换一天的见闻，安排明日的"节目"。也抢着干点零活，诸如回个信、问问孩子作业、扫地擦桌子之类。这真是手脚忙乱而思维活跃的一段时间。统共不到两个钟头，但在我心中，那是够丰富、够长的了。

一日，《教师报》编辑老魏、小秦来访，要我为读者写点专栏短文。朋友重托，不好不应，我便下狠心在这短暂的暮色中再打进一个"楔子"。依我的设想，此栏文章，多系傍晚时的闲聊、闲思、闲忆、闲读，或叙、或议、或录、或牍，写来好似晚饭后的散步，当停便停，想走了再走。内容旁及社会、人生、文化、教育，特别想和读者交谈命题作文，来函随复均可。以普通之话，记普通之事，议普通之理，忆普通之人。什么时候大家腻味了，便知趣地收束了事。

当时商定的栏目名称是"暮廊小札"，提笔时一想：我家哪里来的"暮廊"呢？只有个方寸之地的小阳台，堆满蜂窝煤和各种杂物，储藏室和废品站兼而用之。还是"直面人生"吧，便改成了现在的名字。

记此以为《暮窗小札》专栏之开篇。

1987 年 11 月 20 日，西安岚楼

告别岚楼

住了整整十年的岚楼，早就说要搬家终而未搬，拖拖拉拉好几年，弄得居无宁日。有时真想插翅飞离这个地方了事。现在终于真要搬了，告别和我们全家日夜相伴的岚楼，种种温情却储满心间，挽留住了我的脚步。

十年，儿子在这里由小学生成了大学生，变而为自立自强的小伙子。妻子在这里由大学生成了教授，进入了成熟的中年期。我则将生命的精华——几乎整个中年时代扔在了岚楼。多少成败进退，多少隐忍奋争，多少愠恼謷嗔和喜怒哀乐，都和岚楼分不开。我们一家三口的生日都在 11 月份，每年总是合起来在岚楼过。订一个蛋糕，其上用奶油写着"三人行"。可不是，三人相互帮扶着在这里共同走过了一个家庭最重要的时期，而三人各自重要的人生段落也都在这里度过。

现在，这个时期成为历史了，终于告别岚楼了。

对于岚楼，诸君千万不能顾名思义，以为这是个风雅万种的去处。其实这雅号只是它的主人对于一种不能实现的生存环境的憧憬。明知不能实现，偏要以这憧憬来掩映萧索的现实，当然脱不了中国文人"得意忘形"那可贵而又可怜的心态，脱不了阿Q的心理平衡和小家碧玉式的附庸风雅。那实在是拿自己没有办法的事。

岚楼，前几年我在给《教师报》开的专栏《暮窗小札》中，曾经有过描绘：

这是一座70年代的简易单元楼，因"南楼"谐音而得"岚楼"之名。一室有半，厨房在阴台上。小房子摆了一大床、一大柜、一小桌，两人以上不可插足。大房子兼作书房、客厅、饭堂、孩子卧室。三人两桌，若同时伏案，妻子便在厨房的案板上铺一张报纸，倒也宁静致远。因为空间拥挤，无沙发软椅，无字画雅饰。因为等着搬家而疏于打扫，白壁泛灰，角生尘网。炒菜满屋皆香，说话两室共鸣。来了客人要聊，全家得陪上。来了亲戚要住，若是一人则搭折叠床，若是多人则在地上打通铺。倒是有一个向阳的南窗，只是窗外没有终南积雪，没有远村雾岚，没有松竹婆娑，有的是区办化工厂的弧光和气味，以及对面

长安之安

居民楼上的锅碗瓢盆杂耍。窗下一桌，便是在下各类拙文生产的作坊。

居弹丸之地而神游于中国文化、西部文艺的广阔天地中，也算是生平一件快事吧。故而每草成一文，便雅兴大发，署下"某年某月某日于岚楼"的字样。有时，也署上"某年某月某日于瓮亭"——还是指这一间半房，只是夹了点牢骚，戏云这个家小若"酒瓮"、破如"亭子间"也。还有文章署上"于椒园"的，那地方可就大了，是指离家最近的西安交大的教室。哪里有空位便坐在哪里，重新与莘莘学子同窗，借那种刻苦的气氛来约束自己刻苦的劳作。有时学生们对这位老头子投来奇异的一瞥，那是在猜测我的身份，只好心里道一声惭愧，仍平下脸、敛着气坐将下去。

五年前，单位的宿舍楼破土动工，三年前封顶，两年前开始分房。说不尽的内忧外患、波谲云诡，房子始终分不下来。这便成了单位同事一块共同的心病、一个难解的情结。晚饭后，常有人在新楼参观，作精神会餐。相互碰见了，便交流一个苦涩的笑。每参观一次，回去必有一次家庭会议，对未来房间的陈设作种种规划。几年来我已得四五个方案，统装在一个信封里存以备考，而且在信封上写了一个题目"我要有个家"，算是装进了一泓渴望。

两年前，就向朋友们预告，乔迁之喜要请客；面对无可预测的分房形势，后来再不敢提请客的事了。有两次，我甚至在文章后面署上了"最后的岚楼"，那"最后"却遥遥无期。再有人问起我搬家的事，只好嬉皮笑脸答以"面包会有的，牛奶会有的"。现在，面包、牛奶真的有了，一座新楼就坐落在南城墙下。

真的要告别岚楼了。生活将不停地朝前走。岚楼会永远留在我的生命中。

1993 年 3 月 2 日，西安谷斋

谷斋

搬进这套单元房，是1993年初春的时候，不久便有所发现：每逢艳阳丽日，家里有一种奇观，靠阴台的北房比有阳台的南房更为明亮，而且越到下午越是灿烂。

我住在护城河边的一个大院，院子里犬牙交错地挤满了五六层以上的楼房，仅有宽可盈丈的小径曲曲折折将它们隔开。唯独我们这幢楼只有四层，像矮个子插在篮球队员中间。我住二层，更是矮中之矮。冬日，整个上午需要开灯；中午十一时许才有阳光从楼群的缝隙中漏出，懒懒地爬上阳台，半小时后，蹒跚走进房内；不到下午二时，阳光又被南面的楼群拦路截走，天便暗下来，又一个黄昏提前开始。

但是，只需过个把钟头，到了下午四时左右，北边背阴的那个房间却奇迹般亮起来，如晨曦第二次降临。一双神奇的手拉开层层暗幢，一时窗明几净，蓬荜增辉。书桌上能清晰地看到台灯、笔架的投影，灰暗的房间好像上了一层银箔，这里那里有光点闪烁，掠过阳光的流盼。冬天里的春日来临了，我们家最温暖的时刻来临了。

紧对面那座镶满玻璃窗的高楼，像一面反光镜，造成了我家时序颠倒的光明。

以此故，我将书房放在阴面，书桌面窗而立，以便享受那迟到的光明和借来的温暖。我在阳光明媚的桌前坐下，铺开稿纸，旋开笔帽，笔杆和它的影子形成一个75°的夹角，在纸上挪动。有时笔尖上正好凝着一点阳光，像灯珠一样，在"嚓嚓"的写字声伴奏下，欢快地跳跃着。文思化成可以看见的小精灵，舞蹈于纸上，那个惬意、那个得意！

我习惯于半仰着头思考。抬起头来，便看见对面的六层楼如一座光碑立于窗外。二楼本来就低，加之窗框的局限，光碑一直耸立到视界之外，使人感到一种无尽的辉煌。这几年家家都包了阳台，白亮的、淡蓝的、浅褐的玻璃窗，一个又一个硕大的平面，砌成了这座光碑。在某个时刻，反光正好直射窗口，是那么强烈。你抬起头来，即便眯起眼睛，那光明也一直穿瞳孔而过，直透眼底，心中于是一片灿烂。你不由得打个激灵。

光辉变异了眼中的景物，升华成一种和真实很遥远的境界。光晕在心头摇曳，灵魂一阵战怵、一阵喜悦。而在各个角度上，又能从不同的窗玻璃中看到不仅一个太阳，好多个太阳同时照射着你的家、照射着你，真正是得天之独厚。

莫道这景象是无阳而有光、有光而无热，想着对面邻居能够在凛冬季节将大面积的阳光拱手相让，心头便浮起一丝暖意。想着那一面光墙后一组组空间里，吃喝拉撒睡、说学逗唱喊、喜恼颦嗔爱，多少人在平平凡凡、忙忙碌碌中生活，便会消泯了烦恼，生发出对人世些许的爱悦和执着来。这都是融化在反光中的精神馈赠。

我这个被阳光冷淡了的家，便这样得到了人所不具的别一种厚爱。我原是个容易满足的人，此爱足矣，此生足矣。

记得十来年前去云南，由大理沿南方丝绸之路访德宏和瑞丽，途经怒江大峡谷，其时刚刚过午。待汽车小甲虫似的挪旋到谷底，两边的大山已将阳光挡住，周遭现出一片灰暗。有顷却又渐次明亮，便听见车内有人喊："看那边山顶，嗬！"那边山顶像旗帜一样升起几方金色的阳光，透过微岚薄雾一层层折射下来，直达谷底。因了岚雾的过滤和云霓的删减，阳光在每一层折射中都留下一点履痕，便见半空中有道道光幕静静垂下。有时则会被峪口的风搅成龙烟虎雾。或静或动，都使你感到大自然对人世那无可阻遏的恩泽。

这天坐到北窗下，在窗外反光墙照射下写东西，忽然就想起了怒江峡谷壮丽的景色，便随手在那篇文章的最后，写下了"1993 年隆冬于谷斋"一行小字。从此，陋室便有了一个悲喜交集的雅号。

1995 年初春，西安谷斋

长/安/之/安

CHANG'AN ZHI AN

家常长安

背上字典去邮局

我有过一次背着字典去邮局取款的奇特经历。说来话长，那原因竟然与我姓甚名谁有关。

我叫肖云儒，还算个问题吗？其实大不然，不仅"肖"姓，"云""儒"二字也都是经不起较真地推敲。个中深埋着长达半世纪的一段冤假错案，谬种流传、屈打成招，个中酸甜苦辣那真是一言难尽，得说好一阵子。老夫今年恰逢六六大顺之年，在世上混了一个甲子还出头，许多人已经以"肖老"相称，姓名的真伪问题却并没有解决。或者说，理论上解决了，实践中并没有解决。一辈子下来，连姓带名都是赝品，想来真是够凄凉的。之所以没有解决，与书有关，与中国词典有关，与汉字罕有其匹的复杂有关。

其实我这个"肖"本应是"萧"。外国的钢琴家肖邦和作家萧伯纳是音译，中国的诗人萧三和作家萧军、萧红是笔名，不敢胡乱攀附，而西汉开国名相萧何、新中国开国名将萧劲光，则地地道道是我的本家。萧姓的渊源和中国历史一样长。据山西临汾尧帝庙"中国姓氏溯源"查证，能上溯到古三代夏商周。古往今来，可以入史而荣耀萧氏家族的人，也像秦兵马俑军阵那样能摆出一河滩。

言归正传，我本不姓"肖"，名字也不叫"云儒"，而应该叫"萧雩孺"。小学时代，那个拥有这既繁且怪姓名的小皮孩，让所有老师同学一点名就头痛的小皮孩，就是在下我了。外祖父给我这样命名的缘由是：姓萧，孺字辈，在江西雩都县（即现在简写为"于都"的长征第一县）出生。大约还有希望我小时"孺子可教"，长大能成为社会"孺子牛"的意思吧。姓名笔画多到近四十画，每次写这劳什子姓名，有如蜀道之难难于上青天，不知哭过多少次，手心挨过多少回打。

解放军南下，解放了江南沃土，也"解放"了我的姓名。最先被"解放"的是"雩"字。离开赣南后，外地小学的班主任老师不认识这个字，每次点名点到我这里都要结巴一下，一卡壳，小朋友就笑，老师常常被闹个脸红。有次她一进教堂便斩钉截铁地宣布："萧云孺，你以后就叫这个'云'孺，不准再叫那个什么（指'雩'）孺了——现在上课！"这节课她不再看我一眼，显然痛下决心，而且蓄谋已久。

接下来轮到"孺"字，轻而易举、水到渠成地就被"解放"了。这次的"解放者"是语文老师，他咬文嚼字地说："既、然、雩、已、成、云、不、如、孺、亦、变、儒……孺子入云端岂有好结果？云儒倒应该是你的追求。"解放之初好像也没有户口本什么的，不用上派出所去申报改姓名，"天地君亲师"，师长如父，你说怎样便怎样吧。第二学期注册报到，我见油印册上已经改了过来，我的姓名由近四十画减少到二十七画，大家都如释重负，总算从繁琐中抢救了一点生命，便这样弄假成真写下来，写到了今天。

"萧"和"肖"本不是一个字的繁简两体，压根儿是两个字。但在 20 世纪 50 年代中期，全国第一次文字改革时，不知是确有规定还是误跟风尚，大家（包括报刊出版物）都把"萧"字写为"肖"字。不久有了户口本，在大学的集体户口上我已姓"肖"，我已经不是原先的那个我了。工作了、成家了，那个不是我的我，在户口本的几次变迁中便一直沿用下来。不和你商量，也由不得你，"萧雩孺"便这样完全彻底地、全心全意地、无条件地变成了"肖云儒"。

只是事情并没有完，这以后社会的变化、自身的变化，继续将我姓名的个案搅缠进去。第二批文字改革方案之后，对一些改过了头、社会难以认可的字做了纠正，其中似乎就有关涉到我的一条：在姓氏中，繁体"萧"字可留用。"文化大革命"前后，许多人又改回来，譬如"萧劲光""萧华""萧三""萧军"们，都先后恢复了本来面目。达官贵人改起来可能不太费事，轮到我可麻烦死人了。先要改档案；要改档案，得先向"组织上"汇报。记得那是"文化大革命"后一两年，我找到"组织上"，"组织上"是位好心的老同志。"要改档案？哎呀——"他好像牙疼，直龇冷气，犯了难。有顷，很热情、很认真、也很负责任地说："那可是麻烦得不得了不得了的事。你先要打报告，'组织上'研究同意了，还不算数，还要报高一级'组织上'审批，如果顺当，这起码得一半年。然后就苦死我们这些搞具体工作的了，要把你档案中所有的原始材料，一件一件更改过来，每改一处要盖章、说明，每个改的地方要报上级备案。这在三五年内，也就是我退休前，不知能否给你老弟完成。何况，改档案也容易为以后留下隐患，我们才经历过'文化大革命'，对不对？万一'七八年来一回’，再来个‘运动’什么的，你的档案改得一塌糊涂，说得清吗？要说清得费多少时日、多少人工、多少口舌……"

他没说完，我已经灰心丧气了。那时还没身份证，按现在的规定，还得加上到公安部门重换身份证。光这种种程序便把你淹没、窒息完蛋了，罢、罢、罢，只好打退堂鼓。名字是个啥？不就是个符号吗？算了！

但是且慢，你想算了就能算了吗？没门！根本无法让你算了。书法作品姓氏如果简写，那不是让业内人士笑掉大牙？怎么办？还只能写繁体。可用了繁体，文章与书法的署名，两个姓不一致，怎么办？虚拟世界中有两个"我"也倒罢了，现实生活中特别是没有经历那个简繁体字多次转换时代的年轻人都真的把你当成两个人又怎么办？还有，机票、邮件、汇兑只承认身份证上的"肖"而不承认"萧"，上不了飞机、取不出汇款，怎么办？万一有不知情的人揭发有一个姓"肖"的我，抄袭剽窃了另一个姓"萧"的我的文稿或书法作品，被诉侵权，又怎么办？稍不留意便酿成事端啊！不敢往下想了，想得人一身冷汗。

某次和一位书法家有急事去京，他代买的机票，约好机场见面给票。事先忘了在姓氏问题上特别叮咛他，到了机场打开机票——糟了，写的是"萧云儒"，而不是身份证上的"肖云儒"，无法办登机手续。书法家还和机场力争，引经据典说此"萧"即彼"肖"，此"萧"比彼"肖"更正确，机场同志只是微笑，仰头叫"下一个"。后面排队的旅客们，礼貌者侧目笑话这位书呆子，性急的则嚷起来："你们别耽误大家了！"好在不是周日，让单位给机场传真过来一份证明（注意：必须是人事部门盖了骑缝章的正式证明），才补办了手续。飞机为此晚点二十分钟。待我俩千恩万谢地登了机，遭到大型空客三百名守法旅客的白眼注目礼，长达好几分钟——那一刻才懂得了什么叫"不齿于人类的狗屎堆"。

取款就更费劲了。某次，邮局女孩以计算机为金科玉律，不承认"萧"即是"肖"。我说你看我和身份证照片是不是一个人，她说因为姓不对不能承认。眼前这个有鼻子有眼的活人，竟不如虚拟的文字符号可信吗？我像祥林嫂那样一个一个向排队取款的人诉苦，请他们证明这个"萧"即是那个"肖"，而我就是那个真正的"肖"。连问几人，竟无一人认同此"萧"即彼"肖"。呜呼哀哉！想着不过几十年，许多繁体字已形同外文而不被国人认可，孤立无助的我不禁悲从中来。有理说不清，只好气得大吵起来。从条例规定出发，邮局小姑娘占着理，她无辜承受了我的"无理取闹"，不知有多委屈呢，我向她真诚道歉。吵当然解决不了问题，吵完了，我只能嘟囔着，在众人的目光中悻悻而去。那目光大约把我当成骗领汇款的小老头，至少是一个可笑可气又可怜的落了伍的小老头。

去机关开证明时气没消，有意用繁体字写信封信纸，并且引用了《现代汉语词典》第1262页关于"肖"是"萧"的俗写的解释，以证明自己的身份。就这样还怕节外生枝，干脆背上词典去邮局。幸好邮局同意可以不留证明原件，我复印了很多张，留待后用。

去年广州部队文工团请我去看他们的新戏《天籁》，不料简繁汉字的故事又出新篇。这个戏是表现长征中红军文工队生活的，为了再现七十年前的时代气氛，文工队所演节目的唱词一律通过计算机处理为繁体字，结果笑话百出："长征"繁写成"長徵"，"公里"繁写为"公裏"，"于都"繁写为"於都"，让全场瞠目结舌。简直到了一个相信技术胜于相信人、尊重技术胜于尊重真实、崇拜计算机胜于崇拜真理的时代，除了计算机，一切都不足为据、不足为信了。

只有远在台湾的三舅来信，信封仍旧写的是"萧雺孺贤甥亲启"。每收到海峡对面这样的信，好像有个人在生命鲜活的源头上呼唤我，总会勾起我生命初始阶段那温馨的记忆。

在电脑的"百度搜索"上查阅我，得麻烦您搜索几个不同的字符：肖云儒，萧云儒，萧雺儒，萧雺孺。"肖云儒"里边有十几万条信息，"萧云儒"里边还有几万条信息，麻烦不麻烦？我由一分为二进而四分五裂。至于社会各种繁琐的条例规则和约定俗成造成的成见、所引发的种种文化与精神的分裂症候，就远不是我一个人、远不是我遇到的这几件事了。

我曾经是那个姓名繁复而心地单纯的我，漫长的岁月简明了我的姓名，却使我内心五颜六色、四分五裂。我还是那个我吗？我还是我自己吗？我还是我吗？

我到底是谁？字典查不出来，所有的书本也回答不了这个问题。

2007 年 1 月 29 日，西安不散居，年气日盛矣

苦趣

国庆节，我和妻商量，省体育馆正办书市，去转转吧。积多年之经验，事先约法三章：第一，最好只看不买；第二，原则上多看少买；第三，万不得已，急用先买。过去常发生口袋里的钱被书店洗劫一空，而书抱回来又没有地方堆放的尴尬，这实在是个不得已的办法。但愿这次的契约不被薄弱的意志撕毁。

我在前，妻在后，蹬车向书市驰去，一路无话。车锁在行道树上，先省下四角存车钱再说——天知道这会不会是买哪本书正缺少的一个尾数？

一进书市大厅，不同样的兴趣如不同向的舵，便将我和妻分开，各自驶向自己的领域。她肯定跑到中国现代史的专柜前去了。相对的自由使人窃喜，而选书的各自为政又增加了付款被各个击破的可能，真叫人为契约的脆弱而担忧。一切都顾不上了，眼前，人类生活的软件全在书架上分类存档，任你挑选使用。中外古今智者哲人的各种创造性思考，像情人露出了诱人的笑靥。我告诫自己，千万警惕过分的心猿意马，口袋里的钱只能去夜市吃饸饹，就千万不要进宾馆用大餐。

《人生思想宝库》，八十五元的大开本精装，和我书架上的《中国思想宝库》《东方思想宝库》《西方思想宝库》一样的开本和装帧，枕着这么一套思想珍宝入眠，定乃人生一大幸事。刘纲纪的《中国美学史》三卷，对有了一、二卷的人来说，是非买不可的。文艺界常说"文化大革命"十年是文学的一个断层，其实那只是文学史家修史的断层，而不是创作的断层，《"文化大革命"中的地下文学》将鲜为人知的这股地下水引出来公诸社会——填补空白的书，你能不买？读了钱钟书的《谈艺录》，很难抗得住再享受他《管锥编》的诱惑。有了《廿五史精华》，就得买《四部精华》，"精华"嘛，本身就是节约。

挡不住购买的欲望，又在购买中膨胀欲望，同时还得给欲火泼冷水。腰包瘪下去，书包鼓起来。蓦地，两砖厚的《中华大字典》（上、下册）飞入眼帘。这是我找了二十多年的书。中华书局编辑部在重印说明中写道："这部编成于1915年的字典，收单字四万八千多个，是我国字典中收单字最多的一种，解释字义比较简明,并校正了《康熙字典》的错误两千多条","几十年来,对中国的文化教育工作者有一定影响"。我的"二公公"(外祖父之兄)欧阳溥存是这部字典的编辑主任,编此书时他只二十八九岁。我自小在外祖父家长大,外祖父和二公公他们老兄弟俩对我这个自幼丧父的独生外孙关爱有加。老人辞世后,大家庭解体,我成了文化人,在失落了文化的"文革"中,却再没见过这部字典。十多年前,有家报纸副刊在介绍我国近代著名字典时,曾举出这部书,并标出主编者的名字,我也曾剪下保存,搬几次家又丢失了。近几年,也见过几本《中华大字典》的重印本,但均未标出编纂者的名字。眼前的这本是1985年重印的,孤陋寡闻的我到八年后才有缘见到。摩挲着暗红的漆布封面,童年在外祖父家度过的那些遥远温馨的日子,那些我反复咀嚼、探究,一直想怎么描述一下的岁月,重又浮现于脑际。当然,我非买不可,买下了它,将与它相伴的那些初入人世的生活回忆,一并带回家去。

这时,妻在人群中将我拉出来,我俩抢着要告诉对方自己的发现。原来她也找到了一本《蒋经国与章亚若》,洋洋三十万言。这又是我近年来苦苦寻找的资料。据《参考消息》披露，当年在赣南和蒋经国热恋并生下双胞胎章孝严、章孝慈兄弟的章亚若女士，是南昌女中的学生。按时间推算，这正是家母任该校校长的时候。南昌女中是所美国资助的教会学校，校舍、设备在当时算一流，出了不少人才。记得母亲曾经给我讲过南昌女中两次排演话剧《红楼梦》的情况，说其中有一次章家的三女儿饰宝钗，后来这女学生成了"大人物"，她就是章亚若。我也参与过一次演出，饰刘姥姥游大观园时带的小孙子板儿，上舞台去走了两个过场，没有一句台词。那时我才五岁，该是1945年前后，蒋经国已经离开赣南，章亚若也已在桂林难产而死。因而，章亚若参加的可能是第一次演出。由于写作的需要，我想找到确切的史料证实，由此去展开几位熟悉的前辈的命运，展开20世纪三四十年代南昌生活的一些历史性画面。这本书的出现，实在是及时雨。妻将她已买的剑桥版《中华人民共和国史》和《蒋氏父子在台湾》放进我的大包，便折回赶去买这本书。

至此，袋中的二百元已全部告罄，我俩囊空如洗，快快步出体育馆。谁也不提事先的契约，怕破坏这次洗劫的甜蜜。我打开车锁，妻在小挎包里掏车钥匙，竟发现里面还放着一笔钱——是一位出差的朋友托她领的工资，本打算节后送去的。

"要不，挪挪？"妻很抱希望地征询。这也正是我的心情，但还是表示了一下家长的严肃性："回去能马上补齐吗？"得到肯定的答复后，便"咔"地又锁上车子，决策性地一挥手——走！"昨天不是还有位女士，"我嘲弄妻，"激奋地表示要弃教从商，也去海里如何如何捞一次大鱼吗？"妻回嘴："那是因为我先生和我同仇敌忾，他不是还吼了一句国骂'妈的，试试！'吗？"又返回书市，又一步一步迎面去跨那百级台阶，又生出一点喜悦，只是步子显出了疲惫。这次只好挑便宜书买了，《资治通鉴》精华呀、《说文解字》简装本呀……

回家见门上留一条，与妻子一个教研室的老师送来一份妻子要的资料，并约一道去书市，可惜失之交臂。能想见这位脸色已熬得惨白的年轻人，是怎样怀着憧憬，努力蹬着他那辆破车，头也不回地赶向书市。我这个"过来人"，苦着脸笑了。

1993 年 10 月 10 日，西安谷斋

停电三小时

　　汶川大地震之后一天的傍晚，老伴做饭，怎么也开不开抽油烟机。我嫌她脑子直线，显摆地边说边演示，结果抽油烟机也纹丝不动。我还显摆着"教导"她：这时候你就得看别处有电没有——开灯、开电视都不亮；不用急，再看门内门外保险闸——也好好的。老伴瞅我一眼：你能呀，命令它亮起来呀！我心里发毛嘴还硬，说第三步得问问物业，若停电天王老子也没办法。拨物业电话时，既希望是停电，以证明非我所能挽回，又祈祷千万不能停电，没电麻烦可就大了。结果真是大面积停电，电业部门在地震后做全面检修。

　　只好去街上小铺吃饭。没有电，许多小铺关了门。有自备发电机的那家谢绝客人，因为他们要以有限的电力保证十几桌团体包席，"正给人家磕头呢，咋顾得上你们"。只有一条路：与年轻人挤在一起吃木炭烤肉串。排队之长足有二十米，对耐心和毅力是一次超强考验。

没电，使得快节奏的生活一下错了拍子。本来人人忙，欲速不达更让人人烦。发牢骚的，说风凉话的，唉声叹气的，担心自家冰箱肉坏了、洗衣机流水的，害怕猛一来电把电视机电灯闪坏了的……人与人之间一下变得干涩起来，燥热的天气更其燥热，有人为插队斗起了嘴。于是人人提高了警惕进入战备，他人皆是地狱，相互虎视眈眈。又听见谁嘟囔："老汉老婆凑什么热闹！"我浑身上下便如爬满了蚂蚁，拉了一把老伴，赶紧转头将眼朝别处看。

嗬哟，没有了红绿灯的桃园南路十字，满街的汽车挤成了疙瘩，喇叭胡乱叫唤，在夜空结成一片嘈杂的云。不少人下车探路，言语间免不了磕碰："不会开车，你待家里去！""黑灯瞎火待家饿死呀！"谁家孩子哭了，大人骂开了娘。交警连喊带比画，哑着嗓门指挥着那一堆指挥不动的车。

几根羊肉串，一个半小时才吃到嘴里。回到楼下，没有电的电梯开着门，空洞地停在那里。望着二十二层高的楼，实在没有勇气爬上去。于是几家邻居坐在院子的石磴上，闲聊着等电。

电流，这个没声没响无光无色无动无静的东西，当它存在着，

长安之安

默默地流淌在生活的方方面面，我们都忽视它的存在，常常忘了电是何物，把它的奉献看成理所当然天经地义。一旦它不存在了，大家全跌足而叹，没了电这日子还怎么过？世上一些最了不得的东西其实都这样，像阳光，像空气，都来无踪去无影，一旦离开了它们，世界便堕入无底的深渊：城乡血脉不畅，人际交往中断，生活整个儿陷入黑暗和寒冷，甚至对黑暗和寒冷也失去了感觉。

这么聊了个把钟头，终于等不住了，我们借着手机微弱的光，几家人相偕着往二十二层爬。那感觉不是朝上攀登，倒像是沿着山中隧道朝地球的深处探路。快到二十二层时，满楼突然大亮，众人一哇声欢呼。久违的光明啊，狗日的到底来了，你让老汉白爬了几十层楼啊！

满楼的电视在响、空调在响，一切很快恢复到惯常之中。留下的，是对于电的一段记忆、一点感触，深深地、麻麻地藏在了心里。

幸亏有这三个钟头，也幸亏只有三个钟头。

2008 年 11 月 26 日，西安不散居

时装，古城进入现代的身份证

古城西安确实古，方框似的城墙是历史盖在黄土地上的印章，东西南北四个门是通向周秦汉唐的时光隧道。古城又很时髦，从三千多年前到一千多年前，这里几乎是中华时髦的发源地和展示中心。到了现代，到了当代，西安依然很时髦、很新潮。领时装风气之先的当然是年轻人，尤其是年轻女士。其中很有一批敢死队，吃螃蟹，吃河豚，没有她们不敢穿的。

古城气候适中，冬天的大街小巷也花团锦簇，一不小心，就能遇上两位穿超短皮裙的花季少女，挽着手，并蒂莲般在你眼前摇曳。刚回过神，又有淑女和绅士相挎着在你前面款款而行，女的金黄头发，拖一袭全毛深色长裙，裙下极纤细的高跟将伊人支得离开地球，宛若晴冬的一朵云；绅士的真皮夹克漆光锃亮，一开口又叫你大吃一惊，原来他俩都是地道的陕西愣娃，吃锅盔长大的。到了夏天，西安街头到处可见"以一当十"的美学规律，以厄尔尼诺和拉尼娜兄妹接踵而至为借口，越穿越露，越穿越薄。裙子再短也不过瘾，终于出现了裤腿短到等于零的超短裤，而且再不愿意让长筒丝袜窒息自己的毛孔，尽管那已是百分之九十九点九九的透明，也干脆脱了，大有过把瘾就死的气概。这两年，在卧室里穿的背带裙、太阳裙也竟被穿到了街上。这裙子只是两根彩带挂在肩上，双乳以上整个胸背都裸着灿烂在阳光下了。

现代通讯手段使地球变小了，世界一体化的趋势也使西安的时装呈现出多维交融的现代色彩。黄河文化的特色、北方人的爱好，依然是古城时装的基调。在这个底色上，又大致有三大色块：

一块是地处城内西北部的莲湖区一带。这里住着数万回民兄弟，回坊文化气氛浓郁。回族男子的小白帽，闪烁在槐树掩映的大清真寺和人潮如涌的大麦市小吃街上；回族女子不论穿着如何新潮，常常包着黑色或墨绿色的头巾，以显示自己的民族意识和民族身份。在西安，回民食品羊肉泡馍成为古城文化的一个标志，而回族服饰也和汉族服饰一样古老得美轮美奂。

另一个色块在西安的东郊和西郊。20世纪50年代起，这里建设了纺织城和电工城；20世纪90年代，地处"三线"的一些大中型企业又搬迁到西安，在西南郊建成了电子城。这几个工业区主要是来自南方、东北以及其他地方的移民人口群。相对稳定的移民社区，保留了原乡故土的生活习俗，也包括穿着上的爱好。我在西安飞机城看见过一群女子，穿着用江南印花布做的细腰身大襟或对襟上衣，下面配以暗色调的裙子，让我这个南方人恍若回到了河湖水网密布的故乡。到了冬天，西安尽管不冷，还是会看见东北的大皮帽子——那也许不是为了御寒，而是因了心头一种对老家的怀念。

再一个色块是在高新开发区和宾馆、饭店，这是新潮和名牌服装出没的去处。这里的服饰以其高品位的质地和非家常性的仪式感，显得曲高和寡，却是古城人进入未来的必不可少的身份证。

这几年，西安的服装艺术和促销活动可谓多多。靳羽西几度亮相古城，在女性沙龙和许多传媒上与西安女人交流服饰和美容的心得。各种各样的模特儿比赛和服装展示活动，构成古城风景中此起彼伏的曲线。受人倾慕的几十名顶级名模几次西入潼关，在西安的 T 台上展示服装。美国名模和意大利的设计大师，也在和古罗马剧场媲美的西安易俗剧院与时装迷见面。至于活跃在歌厅饭店和基层社区的专业及业余模特儿队，更是难以计数。古都的大商场，几乎都搞过由自己的营业员和中老年模特队表演的日常服饰展示。她们从人群中自然地走出来，表演完了又回到人群之中。甚至有的商店还别开生面鼓励顾客报名，现场即兴表演服装展示，商业活动被艺术化了。

古城来到了最美的时代。无论春夏秋冬，古城人飘逸的霓裳和袅娜的倩影都会让你眼前一亮。这时，你会感到整个西安都穿上了靓丽的时装，年轻漂亮得让你不能不动心。

1999 年 1 月 30 日，西安谷斋

除夕扫尘

腊月二十四，掸尘扫房子。年前这几天，各类打扫卫生的家政广告铺满楼门和电梯。我去电话联系，告曰活路已经安排到年三十晚；无奈，只好请微信群里一位有"万能焦"之称的焦姓朋友帮忙，插了个队。第二天，就有哥四个带着七八种工具三四种清洁剂上门服务。眼下真到了打扫卫生也要走后门的紧火时刻。我与老伴也忙里忙外配合，大面积地拆洗被褥、窗帘，微调家具布局，整理柜中赘物。许多细心攒下来却又从来不用的"宝贝"，痛痛快快地处理掉了。房子清爽了，心也清爽了，真是如释重负。

新春就要降临，我们得给自己理个发，也给家庭和家园整个容才是。

农历大年之前大扫除的传统，已经延续了好几千年。据说尧舜时代，年末便有驱除病疫的宗教仪式；唐宋时，"扫年"之风日盛，"十二月尽，士庶各家，俱扫门闾，去尘秽，净庭户，以祈新岁之安"。"尘"与"陈"读音相谐，"除夕扫尘"

便暗含着"除陈布新"的涵义。还有一种传说是，岁末扫尘，打扫干净庭院，是为了迎接老天赐降的瑞雪。瑞雪兆丰年呀，百姓盼的这场雪，叫作"米雪"。

可见，"扫年"固然是为了有个干净卫生的生活环境，却也有提振精神、激扬情绪的深意，有"旧的不走，新的不来"的自慰，有"旧貌换新颜"的向往，更寄寓着一种换换环境、换换心情、换换运势甚至试着换换活法的期许。这便由改善现实的生活环境，升华到了人生目标和情绪的境界了。

这些感悟或多或少都带有一点理性的成分，其实"扫年"留给我们最鲜活、最恒久的是童年记忆。那种人生最初的欣喜和快乐，在我心里储藏了七十多年，还响着笑声，亮着色彩。小时候我生活在外祖父的大家庭中，腊月二十三送完灶神，二十四一早，"总司令"外婆开始就任，调动陆海空三军"扫年"。男人将笤帚绑在长竿上，先清除空中和高处的蛛网尘结，用鸡毛掸拂去桌柜上的浮灰，继而地毯式轰炸般清扫地面。女人是"水军"，在家门口的水井边，一字儿摆开三四个大木盆，衣服被褥堆成小山，从早晨洗到日上中天，午饭后接着洗、漂、拧、晾、晒。

扫完洗完已经是后晌三四点，小皮孩们最盼望最快乐的时候到来了。洗完衣服的几个木盆被抬进了烘着木炭火的房间里，热水腾腾冒着白雾，人影在雾中忙碌。孩子们在笑闹声中被扒得一丝不挂，一个个小泥鳅似的跳进水里，热水泡，肥皂搓，毛巾擦，而后被大人提溜着，屁股上一巴掌撂到床上，一个撂一个打闹开了，直到小年的夜饭端上桌，"捣虫"们摇身变为"馋虫"，朝平素不太见的鱼和肉扑过去。

生命的天籁就这样一次又一次在记忆中发酵，铺就了一个人心灵中纯真、谐和、快乐的底色，供我们在漫漫人生路上慢慢地享用。

2016 年 1 月 31 日，腊月廿二，西安不散之居

长//安//之//安

CHANG'AN ZHI AN

艺闻长安

临池小札（四则）

小序

知天命以来的十年里，闲来学着练点书法，常常在竹管的舞动、水墨的渗化、笔与纸的酬唱中怡然自得。于是弄假成真，在古城长安的新居中辟出了一间大厅专做书画室，摆开几十个印章、七八架笔，墙角堆满了宣纸和书法作品袋，印了不多几种书法作品集，还斗胆用了友人为我起的斋号"不散居"有模有样地挂起来。每每引得朋友们一点半真半假的赞誉，也便半真半假得意而忘形，附庸风雅地在宣纸上留下几段题画和小札。年深日久，有的竟然传开，成了茶余饭后的"段子"。反馈回来，我便留了心，录下聚成了这些"临池小札"，如秋日山野间的小花，随意撒落在书房的笔林墨池之间。

■ 菊花茶畔老友捐躯

今年元旦和春节挨得近，新年过后，新春即至，索字的朋友催得生紧。元旦后的第一个礼拜天，伏案终日，才算把字债

长安之安

还清。

在腰酸背痛中回想，这辈子开始学着写点文章，结果背上了如山的文债。友人登门求文，都很客气，有时还露出一星杨白劳求告的神态，我便时时警惕自己，千万不能有半点黄世仁的倨傲，那便只好来者不拒了。一待答应下来，友人催稿便添了几分理直气壮："答应的事怎样了？"多少变出一点黄世仁的口气。我呢，只好当下便矮了身子讨饶："对不起对不起，最近实在太忙……"反倒露出杨白劳的可怜来。

五十岁习字，为的是从这如山的文债中解脱出来，在砚边觅得一份闲散，不想又背上了如山的字债，再度掉进了"黄世仁—杨白劳"的怪圈。生就的苦命，真是在劫难逃啊！

想着便又站到案前，展纸写一副四尺对联"青菜萝卜糙米饭，瓦壶天水菊花茶"，聊以对自己做一点精神的超度。谁料写到菊花茶的"花"字，笔管开裂，笔头断落纸上，竟溅出一朵墨玉兰来。顿时失色，怕是暗寓着什么不吉，旋即从纸上捉起笔头，鲜墨淋漓趋势写下几句话，想冲一冲晦气。话曰：

　　庚辰龙年岁尾，余已届花甲之年。为国为家为人为己虽无大作为，亦勉可谓辛劳半生并无他求，唯糙米饭、菊花茶足矣。岁将尽时，乃研墨展纸书此联以为花甲之感。不意笔头断落纸上，墨花四溅，显出兰花一朵，遂苦笑以自嘲：此花亦肖姓也，终生浸于墨中，读墨字，写墨书，开墨花，虽无绚丽却有辛劳，写尽自家六十年生命；笔亦肖姓也，本以江南板桥竹根为竿，西北荒原狼毛为毫，陪我习字十年，得于心，应于手，默契于灵境，可谓鞠躬尽瘁，今日为书艺捐躯，感之慨之，遂以残笔记之。

本想写点吉祥话，却怎么也躲不开忧郁，随它去吧。昏灯之下与老妻共读，相对默然。

2000 年 12 月 13 日，西安谷斋

▨ 卫老夫子残联圆满

卫俊秀先生，高寿九十四，世纪老人也。晋人，一生蹉跎于秦地。书法评论界有誉：于右任、林散之、王遽常、卫俊秀，为 20 世纪草书四大家。其学宏博，其性耿直，其书直承傅青主而多有创新。年轻时热血抗日，酷爱鲁迅。中年就教陕西师范

大学，有鲁迅研究论著出版。后直言罹罪，被划为右派，几十年辗转于劳改场站，隐藏于黄土褶皱的深处。役余习字，木棒为笔地作纸，在线的飞动中写尽风云际会、命运颠踬和胸中块垒。晚年名声大噪，而平朴如昔。

1998年3月，我写有书作《卫俊秀"金石不随"条幅小跋》一幅，抄录如下：

戊寅春偕卫俊秀、徐庶之、曹伯庸、吴三大、王金岭、赵振川诸大家研习书道，恭请卫老开笔。老人展开条幅，书"金石不随波"，孰料纸短，"波"字难于布设，欲毁之重写。余恳留收藏，曰："金石不随"四字足矣。人有金石气度，岂但不随波流，大山压顶、雷电袭身，亦宁为玉碎不为瓦全也。"不随"二字道尽卫老夫子九十人生。众皆抚掌称妙，卫老感慨用印，并嘱作记为跋，裱于纸下。

眼看三年快要过去了，近日出访印度归来，翻阅积报，一连见到卫老夫子的几条消息：有关于他书艺评价的热点聚焦，有关于陕师大为他办展览、召开学术研讨会的消息和专版，更有一幅特写寿照，配以文字，云卫老近来白发转黑，身体健朗。欣慰自从中来，即同宇虹、国光驱车府上问候。果如报道所云，老人谈锋甚健，记忆亦好。对三年前那个小跋所记的故事他念念不忘，提出只赠残联于友有不恭之嫌，要给我再写一幅字，问什么内容为好。我随意提出，能将上次那副残联写全岂不圆满？老人灿笑于颜，连称好极好极。我和宇虹扶纸左右，卫老夫子运笔如剑，只见——

金石不随波，松柏知岁寒。

十个字如帖如碑镌于宣纸之上。我谓老人，这次对联终告圆满，算是成却了一段佳话，何不再作小记？老人颔首再三，拜托于我。别时执意下二楼送至门外，但见校园冬阳正盛。

2001 年 12 月 27 日，西安不散居

▤ 丽人在侧，三出其错

大约七八年前，去汉中开当红电影导演黄建新作品研讨会，其时他以《黑炮事件》《站直啰，别趴下》《背靠背，脸对脸》等影片成为影坛新锐。这天晚上，建新拉上我和编剧叶广芩、演员许还山、作家王蓬等一干人去当时汉中唯一的台湾风格茶馆喝茶。说是台式，表演的其实是日本茶道——榻榻米、木托盘、跪式服务。倒是门口有一联，虽非初见，却是地道的中国文化、中国风格，联曰"茶可醉人何必酒，书能香我不须花"。我很是偏爱，与汉中的老朋友相偕于联前留影，并用心记了以备后用。

去年夏天兴平贵妃度假村邀几位书画界的朋友去玩，说是有三秦一流的游泳池。自然免不了笔墨上的应酬。一人一桌一毡，配有女士扶纸倒茶。纸是好纸，茶是好茶。为我扶纸的是某报记者，热情周到。手抚书案，我想，游泳池再大惜乎我不会水，只难得有这今年明前的上品茶，也不枉来一趟。这当口，七八年前汉中记下的那一联冒上心头，提笔便写："茶可醉人……"

不想却写出一点波澜，敷衍了一段故事。欲知后事如何，且看我在这副对联上作的小记：

> 为某君题"茶可醉人何必酒，书能香我不须花"句，将后联"不须花"错为"不须书"，弃之重写，二次在原地原字又错；再重写，再错，仍在原地原字，将"不须花"写成"不须书"。心中暗自诧异，众友亦问其故，遂戏曰：因有丽人在侧，神使鬼差，心猿意马，情倾者花，淡忘者书，故三拒"不须花"，三呼"不须书"，以明心志矣。众大笑，扶纸女士并不嗔怪，请余将错就错，直书故事始末于联后，以作珍品私藏。

后来又听说，这幅错版书作流入市场被拍卖，因有这段小记，价格翻了两番，而所记内容也变成了段子，在饭局和茶秀中流传。

四 众皆醉矣我独醒

蛇年春节，几位文学界爱写字的朋友聚在一起。散文家孙见喜连声嚷嚷：三日不见，各位要刮目看我。原来他不但习字，近来还学开了画。只会画一种动物，就是鱼，而且只会画一种鱼——鲶鱼，又只会画两条深情对视着、将身子游成两个弧这一种姿势的鱼。虽然如此，也得承认，这确实比我们高出一个级别，很是不得了了。

受到夸奖，见喜拿起笔一挥而就，便有了两幅鱼乐图。两张纸上，各有两条鱼那样子地游着，只是眼睛不太对劲，叫人不由得想起"死鱼眼睛"的形容实在是绝妙好词。见喜得意地题了一个长款，说这鱼如何像贾平凹和肖云儒，又如何像方英文、像李杰民、像王丽娟、像马河声……原来他创造的是放之四海而皆准的鱼。

英文也题了两句助兴——

单鱼乐否不知，双鱼则定乐矣。

杰民则写道：

见喜画游鱼，憨态乃可掬。
鱼儿成双对，性情皆为真。

正在打扑克的贾平凹，被叫过来欣赏。他画画的历史长，且受惯了称赞，似乎不能忍受人民群众对另一个人的欢呼，便冷着脸在画上补了一段文字——

　　见喜画鱼，围观众人戏谑之声不绝于耳，非笑画鱼人，乃笑鱼也。吾独怜鱼。鱼乃吾辈亲戚，鱼之自由，人所不知，岂可随便画之笑之食之？此为记。

几笔下来，给所有的人泼了凉水，却让"护鱼英雄"贾平凹永垂宣纸。那是一个古典天人合一和现代生存思考兼而有之的伟岸形象。众皆悻悻然而又怏怏然。

　　2001 年春节，友人相聚后补记于西安不散居

书斋里的人生

《讲书堂》这个专栏自 2006 年 4 月起在《文化艺术报》开始连载，中间停了几个月，到今天已经写了二十五篇，因为另外还有许多事等着去做，再耽搁就误了，只好暂时告一段落。"告一段落"，意味着我得和我所珍爱的书、和我所经历的书的故事暂时告别，心中不免惆怅。因而在告别的这一刻，我想给我的编者们——那几位我所尊敬与感谢的、长期在幕后辛劳的先生和女士，也给我的读者们，尤其是连载这大半年来，用博客、信件、短信、电话和其他方式，给了我那么多鼓励和期待的读者，一个郑重的允诺：只要我与书的缘分不终结，那么关于书的故事一定会继续写下去。我一定会写的，只是不知道什么时候才能再度开张。

有时候很为自己悲哀，回想起来，如果把关于书和书斋的记忆和憧憬，满打满算加到一起，几乎构成了我整整一个甲子的生命史。一个人的一生，不仅花大量时间去读书、去写书，而且连日常话题、陈年记忆都走不出书本和书斋，小有一点故事吧，也大都和书本、书斋有关，这真是个遗憾。生命如此缺少阳光，缺少泥土气息和风暴中大起大落的颠簸，比之激浪淘沙、不舍昼夜的大时代来，便显得有点苍白文弱。只能说自己的人生是塑料棚里的一场杯水风波了。

童年和少年时代，在外祖父的书房里嬉戏，从满架满桌文化和经济、日文和中文的书脊上，挑着认字，冥想着那里面一道道的风景，常常几小时几小时地走神。上中学，曾经附庸风雅学高年级学兄在床头堆一摞书，未必都读，甚至大都未读，却常常"为赋新诗强说愁"，满嘴满脑子激荡着形而上的浪漫。上了大学，一半因为要用，一半也是为了扎势，又学毛泽东在床侧把书摞成一排，以壮行色。也曾忍不住偷偷进入"禁止学生入内"的教师阅览室去采撷奇花异草。记得在那里面看过潘光旦于民国时期写的社会学专著，在封闭的 20 世纪 60 年代，整个大陆不知道社会学为何物，年轻的我感受到了偷吃禁果的乐趣。从那时起，心里便有了一个憧憬：有朝一日，一定要让我的书独占一个房间。这个奢望，远远早于自己想要一间宿舍。人的栖居，有时似乎真的没有书的栖居重要。

长安之安

走进社会之后，第一次发工资便买了一个一米多高只有五格的小书架，二十八块钱，恰好是月工资的一半。我从西安竹笆市一路风光扛回报社，自感很是得意。于是在我只拥有一半居住权的单身宿舍，构成了一道小小的文化风景。虽无书房，却有了"书角"，心里便有了一份满足、一份惬意。那以后几十年间，我在西安城好几次搬来搬去，人迁居一次，便要给书改善一次居住环境。于是在第一代五格小书架之后，陆续增添和更换了好几代书架：有在下放农村时用砖和木板条靠墙搭起来的书架，有下面带半截柜的书架（已经可以叫准书柜了），有"捷克式"的八字腿书架，有带推拉玻璃、塑制贴面的新式书柜，还有茶色玻璃柜门的带碰珠带暗锁的豪华书柜……算起来，现在已经是第七代了，整整二十四个，摆满了我和老伴两间书房除窗口之外的六面大墙。

几十年来，我的书和我一道，改善着生存条件，记录着社会的轨迹，储存着人生的记忆。陕西电视台曾经就此拍过一部三十分钟的专题片，题目就叫《肖云儒和他的七代书架》。专题片的最后，年轻的主持人问：如果将来书籍都存进光盘，您怎样处理这两房书和书架呢？我隆重地回答道：那时我的书房便成了文博馆和歌剧院。平时也许都在电脑上读盘，如果读纸质印刷品的书，将会像去国家博物馆参观和去国家歌剧院听歌剧一样，是一种奢侈、一种档次，说不定会净手、更衣、焚香，在一种高贵雅致的感觉中翻开书页……不知怎的，说着说着，竟有了几分伤感——我是多么不愿和传统的书疏远！

　　书房里的书很乱、很杂，正如我这几十年人生脚步的杂沓、兴趣涉猎的杂沓、阅读和思考范围的杂沓。也许这表明它们不是摆设，经常被主人取出放进、折页夹条。若硬要分类，大致包括各类新兴学科的研究、哲学社会学心理学的专著、历史文化古籍和专著、美学文艺研究和作家艺术家评论、地方史志和风情研究、中国书画研究、新闻传播学研究，还有大量文学、书画作品，以及我喜爱的近现代史回忆录，等等。各种不同的版本和纸张，诉说着岁月的流逝和时代的进步。近两年，又从书架上专门辟出三四格，用于存放音像制品和电子读物，不但节约了书架拥挤的地盘，银光异彩之中还很有几分烁烁的时尚。

　　自打用上了电脑和带轱辘的电脑架，几十年里集宠爱于一身的书桌开始人老珠黄，难得和它亲近了。书桌前的椅子，也早挪到电脑架前新的地方，另有所属。老眼昏花的主人竟然移情别恋，成天含情脉脉地凝视着电脑屏幕，书桌成了顺手放放资料的地方，成为目前正在使用的资料和各类照片的集散地。孤独的书桌依然忠诚地执守一隅，冷眼旁观，三缄其口，只是用自己身上的划痕、斑迹，无声地诉说着逝去的辉煌和之后的眷恋。为了免去经常擦拭灰尘，后来我干脆用旧报纸盖在书桌上，隔一段换几张旧报纸即可。它是真的被我"尘封"起来了。

此刻，我就在第七代书架的环绕中，写这些文字。书房里，架上、地上、桌上，全堆的是书，像我的生活，忙碌而杂乱。一切有待整理，有待在阅读中重新发掘——这是我给自己晚年定的一项重要任务。打个比方：儿时读书，有如朝书里储存生命记忆；老来读书，则是从书里取出自己的生命存款。但现在还顾不上，还有很多事情排着队在敲门，逼着我像陀螺似的打转转。已经发在《讲书堂》里的这二十五篇，其实只是浮在记忆最上面的那些关于书的故事，就这也并没有写完。但我只能暂告一段落了。

看来，此生此世是很难走出书斋了。时光老人给这二十多架书中的每一本里，都悄悄地藏着一个或几个故事，等待着我随时召见，等待着我去回味、去发掘。我的生命，我亲人和友人的生命，有相当一部分变成了文字，变成了生命的一种气息，储存在书页之中，储存在字里行间。书对我来说，绝对是有生命的。什么时候打开书，这些人和事、这些故事和气息，就会流淌出来，像西方童话在音乐声中打开的小魔盒那样。

要不，还是让我们选一个春天的日子，在一个春天的草坪上，再度见面吧。

2007 年 3 月 9 日，西安不散居

老字典埋着老日子

我自小在外公家长大，外公复姓欧阳，欧阳家就是我的老家，那里储存着我大部的儿时记忆。外公给我起名字，也和表弟妹们一道是"孺"字辈——云孺、京孺、宁孺、洪孺（后来，"孺"陆续都被改成了"儒"——云儒、京儒、宁儒、洪儒）。20 世纪 80 年代以来，我老家的亲戚不约而同收藏了两部《中华大字典》（上、下册），这大约是因了我的二外公欧阳溥存是这部字典的两位主编纂之一的缘故。二外公是外公的二哥，排行老二，我们称他"二公公"。这两部书，一部在广东珠海大表弟欧阳京儒家，一部在我的书架上。京儒那部铁灰色，书脊上下烫金镶红，是 1993 年的精品豪华版。我的是绛红色，中华书局根据 1935 年版本于 1978 年 10 月缩印重版，我 1990 年才买到。仅仅这一个重版本已经第六次印刷，累计印数达到四十六万余册。

据"重印说明"介绍，《中华大字典》编成于 1914 年，初版于 1915 年，在九十多年光阴的洗濯中，有些内容不免会过时，但由于此书收单字四万八千多个，是我国字典中收单字最多的一种，解释字义比较简明，并校正了《康熙字典》的错误两千多条，对我国古代历史、文学、哲学、语言学的教学、研究工作者，都有一定的参考价值。我的这个版本，是根据初印本，删去题词、序和附录的"切韵指掌图"，缩印发行的。

二公公溥老生于 19 世纪 80 年代，年轻时给清廷当差，官至甘肃武威道台，后来接受了新思想，辛亥革命前与我外公欧阳瀚存同时去日本留学，他学文史，外公学经济，算是第一代留学生了。东瀛归来，因为沿海新经济活跃，外公去了沪宁一带当教授，溥老则留在北京北洋政府教育部当值，同时搞文字研究，译著有《经传译词》。20 世纪 30 年代末，北平沦陷，溥老坚辞伪职，挂印隐居，让学农的大儿子也一并回家，爷儿俩在宣武门外江西丰城会馆当起了寓公。卖文为生谈何容易，不满十年已经家徒四壁，落到上小学的大孙子每天午饭只能吃凉窝头就咸菜的地步。外公瀚老虽曾留学东洋，其时又在江西中正大学教授现代经济学（译著有额路巴儒原著《合作金融论》和日木村泰贤原著《原始佛教思想论》），骨子里却是诗礼传家极重孝悌的人。听说了乃兄在北平的窘迫，便决然要将兄嫂接回南昌故郡颐养天年。那时南昌太史第前后三进的老房，让日寇飞机轰炸成废墟，又在原地盖了一幢两进六室一厅一廊的新房。外公将自己住的大房腾出，虚位以待。这大约是新中国建立头一两年的事。

北京来的火车这天晚上就要到了，已经忙了好几天的欧阳家，除了外婆在家镇守（和娘姨准备夜宵），祖孙三代二十多口人全体出动，十几辆黄包车前后拉开几十米，一路响着铃铛朝火车南站奔去，引得路人侧目。二公公下得车来，长袍马褂瓜皮小帽，戴一副石头圆镜，右手时不时捋着颔下的山羊胡须。外公平素是穿西装的洋教授，这天也是长袍马褂一厢侍候。只见瀚老趋步上前双手扶住溥老，老兄弟两个说了好一阵半文半白的客气话——大概是外公执旧礼的一种不能省略的仪式，那是偏偏要在外人面前摆着谱说的。随后，这一溜黄包车队又穿长街走陌巷，直奔太史第而去。

回到家里，二老才有了祖父的慈祥。每人都有一份礼、几句慈爱的话。我得到了一盒八条八种颜色的墨锭，每锭墨上镶着金龙，色彩斑斓地装在一个小木盒中。母亲说这可能是宫里的东西，要我当宝贝好生秘藏起来。想不通的是，有这么多宝贝的二公公，怎么会活得那么拮据呢？现在想来，怕是应了那句话：瘦死的骆驼比马大。

下面说说溥老与瀚老给我印象深刻的几件事：

一是吃饭。瀚老吃长斋，一向是单独用餐，溥老来后，两人同吃小灶，时间略先于大灶，以示尊敬。每到炎夏，在素有火炉之称的南昌，吃一次饭无异于洗一次澡，浑身上下湿淋淋的。那时平民家电风扇还很少见，何谈空调？理发店在屋梁上挂一块褥子似的厚毯，学徒用绳子穿过滑轮不停拉动，厚毯来去摆动，满屋生风。但住家户很少用这个，硬是人手摇一把扇子从炎夏手里抢一点热风。吃饭时腾不出手，便由我和大我半岁的六舅站在二老身后"打扇"。那得双手举扇不停摇动二三十分钟，对不满十岁的孩子，可想劳动量有多大。好在有报酬，便是最后可以吃到小灶剩下的"精品菜"，比如油焖冬笋、香菇薹菜、茭白藜蒿，虽无肉却可口。直至今天，我还爱吃这几道菜，爱吃剩菜。这点家人可以作证。二老吃饭文质彬彬，总是相互谦让，越谦让便越好过了我和六舅两个。

二是送客。在礼数上二老可以说有点穷讲究，送客，不论长幼，一律送到大门口，而且半伸一只手作"请这边走"状，亲自侧身引路。那种长袍在步履中摆动的情景，至今还会在我的梦中浮现。老家的院子大而长，有三十多米吧，二老便这么半侧身半伸手，每天迎来送往走好几个来回。我们有时在他们身后吐舌头，笑老人穷讲究，后来才晓得这叫礼貌和素养，何况还有利健康呢。

三是捐献。从年龄看，二老可以归入清末遗老一族，情况却又不同。瀚老年轻两岁，又学的经济，思想好像开通些，新中国刚成立时他还参加了培训干部的"八一革命大学"学习。因是留洋教授，他被分在研究班，比一般人高一档，类似现在读硕与读本，等级大不相同。瀚老因此很是高兴，兴致勃勃地拿个小木凳排大队去听讲革命形势的大课。不料在操场遇上了他的大女儿欧阳明玺——因为我母亲当时已是女中校长，算高级知识分子吧，也被分在研究班。这让为父的感到丢了面子，回来嘟囔："共产党好倒是好，就是两代人同班上学，这……"估计溥老比瀚老更守旧些，公家几次请他"出山"，他都辞谢，只应下了江西文史馆馆员这个空头衔。但二位老人的爱国之心却不分轩轾。1952年朝鲜战争正酣，全国人民为前线捐资买飞机大炮，多者如艺人常香玉，捐了一架"香玉号"飞机，少者如我们这些高小学生，也一人捐了五千元（当时一万元等于后来一元，五千元即五角钱）。而瀚老捐了一笔商务印书馆的稿费大约三千万元，溥老则捐了文史馆几个月的补贴。还都用毛笔工工整整给中国人民志愿军写了慰问信，叫我送往邮局的。两个直行信封，一个落款"六八叟某某敬上"，一个落款"六六老人某某敬上"。

说来也巧，星移斗转正好一个甲子，我今年也成了"六六老人"，也是省文史馆的一名馆员。冥冥之中真有命运这东西吗？真温馨，也真惭愧。

20 世纪 50 年代至 70 年代，欧阳家族祖一辈先后辞世，父一辈上学、工作各奔东西，我的表弟妹们虽在南昌，可家族的离散、时代的动荡……《中华大字典》便成了传说中的书，谁都惦记着，谁都见不到了。20 世纪 80 年代，有个文摘报介绍我国著名辞书，重点介绍了这部《中华大字典》及作者，我曾剪下存作资料，书却始终没有见到。到了 1990 年春夏之交，西安南门外当时的省体育馆举办了一次大型书市。我与老伴在其中徜徉了大半天，无意中发现了"文革"后新版的这部字典，立即买下，并电告表弟妹们，让他们赶快购回。不料南昌、珠海此书早已脱销。这一错过，又是好几年后，京儒终于买到了更新的版本。

长安之安

想不到的是，《中华大字典》的故事，最后还有个"豹尾"。1949 年夏天，在江西抚州随我母亲上中学的三舅欧阳箕玺，参加蒋经国的青年军去了台湾。一去五六十年，海峡那边的他没有见过二公公，对这部书也不甚了了。2004 年，三舅回大陆，走的是香港、北京、西安、南昌路线，以便见一下几个主要的亲戚。他第一次到西安，因年迈体衰，对参观游览的兴趣不大，就想和我聊聊欧阳家的陈年旧事——也许因为我是这一辈的老大，儿时和他在一起的日子也长些，他最后又是从我母亲这里走的。记得有年春节电话拜年，他特高兴："太巧了，正在想，离开大陆最后见的人就是大姐和你，你就来电话了。"

在我家里坐下，三舅先骂了一通"台独"。"他们要'独'了，我不成了外国人？我欧阳怎么不是中国人了？可笑！混账！"后来转入正题，他说，你是搞文艺的，可能收集了一些资料，对老家的事记得多些。我说有一点吧，便拿出了三厚册欧阳家的老照片和这部《中华大字典》，又给他放老照片翻制的光盘。他手里翻着字典，边听我讲边看电视，当二公公、公公、母亲和老欧阳家的亲人，在音乐的伴奏下一个个从发黄的照片出现在屏幕上时，想不到这位七十多岁的老人一下扑上去，在电视

机前跪了下来，抽泣地喊："爸爸、大姐……我叫你们操碎心了，
我不孝啊！"我赶紧上前陪舅父跪下，劝他节哀，扶他起来。
这才看到，他怀里还紧紧抱着那本翻开的字典！

三舅回台湾给我来了一封长信，附了两首诗，信和诗里有
无法排解的乡愁及生命慨叹，浸渍着浓得化不开的忧郁。一
首曰：

> 来日无多起惊心，夕映西山落阳近。
> 汲汲营得都将去，南柯觉醒悔不尽。

再一首曰：

> 犹记儿时庭前戏，倏忽已是白头翁。
> 历历往事幻梦搅，阒将无息悄然终。

读后唏嘘良久，我用四尺宣纸写出，并书长信一封，返
寄台湾……

每一本书，都秘藏着人生的种种信息；而每个人的生命，
不都是一本打开的书吗？

2006 年 6 月 18 日，周日

40℃高温中的西安不散居

我写《中国西部文学论》

当准备让《讲书堂》逐渐走近尾声时，我想讲讲自己写《中国西部文学论》的一些故事，不然就没有机会讲了。

在关于这本书的故事中，最早出场的当然是主角我自己，接着出场的人物便是赫赫有名的老一辈电影评论家钟惦棐。1982年，钟老来西影厂看了《人生》《海滩》等几部新出的片子，极其称赞，说了一句石破天惊的话：美国有西部片，西影为什么不能拍中国的西部片？太阳有时从西部升起！我时任报社的文艺记者，零距离接触、面对面采访报道，钟老的这些话在我心里生了根、发了芽。

第三个出场的人物，是喜剧美学家陈孝英先生。在一次关于我个人学术生涯的电视专题片中，访者问我：在您的文艺评论生涯中，为什么80年代中期由作家作品评论转向西部文化的研究？我说，这次转向和一位朋友几句恳切的话有关。1983年秋天，我由报社编辑部调到文联理论部，很想对自己的研究写作有一个宏观的规划。有次和孝英闲聊，接触到这个话题，他力劝我尽快地建立自己的学术领域。那时他正集中研究幽默（后来发展为喜剧美学的系统研究），第一批成果已经开始在社会上产生影响。他说："咱们都四十多岁了，不能再一味跟踪别人，要建立自己的学术领域，奔自己的目标。"只这几句话，让我几乎马上明白了自己应该干什么、怎样去干。我多次提到过孝英对我自己最终定位于西部文化研究方向所起的一锤定音的影响。他也许早已不记得这次闲聊，而我是一直心存感激的。

与孝英那次谈话后，钟老的话重又在心头响起，我决心将自己今后的研究评论方位就定在西部文化上。说干就干，1984年，我发起并组织了西部部分省（自治区）文联研究室在新疆伊犁联合召开第一次中国西部文艺研讨会。这是我调文联工作后组织的第一个大型学术活动。那天晚上，刚到乌鲁木齐，承办方新疆自治区文联临时通知我，说鉴于这个会是我提议开的，陕西又是西部文化大省，各兄弟省（自治区）沟通后，公推我在会议开始时作一个较长的主题讲演。这时要推已经来不及，却之不恭，不如立刻动手准备。第三天就要坐长途汽车去五百公里外的伊犁开会，只有抓住第二天时间了。无奈旅社房间里安排了两位同仁，哪里有安静可以容得下思考？

第二天一早，我就去了乌市红石公园。找到曲径幽树深处的一个小石桌，啃着干馕干开了。这倒真是个僻静的好去处，只是时间不久，到上午九时半以后，便不停有探头探脑的入侵者，主要是三类人，最频繁的是急着要"咱们两个圪塔里走"的谈恋爱者，还有寻找孤独静处的人和寻地方"方便"的人。本人的提前到场，很煞了他们的风景，甚至还引发了其中两位的愤怒，扭头扔下一句嘟囔："逛公园还当孔夫子，假正经！"

伊犁的主题发言后来整理出两篇论文：一篇是万字长文《中国西部文艺的若干问题》，发在了学术刊物《当代文艺思潮》上；一篇是五千字的《美哉西部》，《陕西日报》文艺版加编者按发表。两文在全国较早也较充分地提出了中国西部、中国西部文化、中国西部文艺等概念，初步论述了中国当代文艺对西部生活如何作审美转化的一些关键问题。后来我又写了《西部电影五题议》，是把西部电影作为一种文化现象、创作现象正面展开来谈的最早的一篇学术论文。新华社记者卜云彤就这个问题三次采访了我，先后写成新闻、通讯、综述三种稿件，新华总社发了通稿，在中央和海内外媒体多次刊登。尤其是他写的内参稿，在新华社《内参清样》刊出，引发了中央领导的关注和中央主管部门的重视。那年我已经四十四岁了。

1986 年，中国作家协会和中国社会科学院文学研究所在北京联合召开新时期文学十年学术讨论会，我被邀以西部文学为题做了大会发言。大会之外，还召开了有关新时期五个重要文学现象的专题讨论会，供代表自由参加。中国西部文学问题列为其中之一，大会委托我主持这个专题会。会后，除了国内各媒体，许多涉外报刊也有大量报道，在世界范围内做了传播，我个人就收到五个国家二十四封来信询问情况，索要资料，探讨切磋。

在朋友们的鼓励下，我决定将对西部文化艺术的种种思考发展成一部学术专著。由于此前从未有过这方面的著作或论文，可供参考的资料极少，迫使我不能走学院式的青灯黄卷的研究路子，必须走以西部人文田野考察为主的新路子。这是一条充满阳光、充满泥土气息、充满生命体验的路子，是一条学术研究的"绿色通道"。在那一两年里，我抓住一切机会西行，一个省一个省地做社会学、民族学、文化学和民俗民艺的田野考察。我曾计划在五年内让自己的脚板踏遍西部各省区的每一个地市，可惜至今也没有完成，故而至今也不能停下西行的脚步。

我从高原暴风雪中孤独无助却巍然屹立的牧羊汉子，感受到西部人雄鹰一般的孤独和刚毅。从敦煌的壁画、库车的千佛洞追溯到更古老的印度阿犍德石雕，从山南海北（祁连山南与青海湖北）种种多民族杂居的文化漩涡景象，四上同类型的云贵高原，体味到了各种异质文化在西部的交汇。我还从西藏下来，经青海玉树抵达三江源头，再北上内蒙古草原和蒙古国的乌兰巴托，感受藏传佛教如何在蒙古族地区扎根的历史进程。又从西安出发，沿丝绸之路西行，经河西走廊、天山北麓到达伊犁，又飞越帕米尔与中东到达脚踏欧亚两洲的伊斯坦布尔城（即著名古都君士坦丁堡），亲眼看到了土地文化向游牧文化的过渡，看到了动态生存与静态生存的不同，看到了儒、道、佛、伊斯兰教和天主教（东正教）文化及亚欧两大洲文化伟大而瑰丽的交融互补、交相辉映。当然我还阅读了到 20 世纪 80 年代中期为止的大部分西部作家写的、写西部的文学作品，从中收集素材，体味我的西部……

关于中国西部"五圈四线"的多维文化结构和多维包容心态，关于中国西部和世界人文地理总体构成的关系，关于中国西部动态生存和内地静态生存的比较，关于中国西部具有的潜现代性孤独感和悲剧感，关于中国西部民族杂居所形成的杂化心态，关于中国西部文艺的现代浪漫主义气质和理想主义追求，关于中国西部的阳刚审美和硬汉子精神，关于中国西部文化的圈外色彩以及其对现代工业社会的平衡、减压作用，等等，原先不大常见的新观点和分析，可以说大多是在西部的行走中触发，在西部人文风情于心头反复"过电影"中逐步成形、成熟并深化的，很少靠书斋中的冥思苦想、推理演绎来完成。在感悟与理性的结合中完成学术研究、学术写作，真是一个极为鲜活的愉快的过程。

1986 年夏，陕西省文联组织作者改稿会，我以组织者和作者的双重身份参加，带着一整箱书籍、笔记、资料来到秦岭主峰太白山下一个叫"39 所"的国防研究单位，在这里的招待所待了二十五天，写出了《中国西部文学论稿》的前十万字。不怕大家笑话，从事写作一辈子，其实我一直是"业余作者"，这是我享受的唯一一次"创作假"。万事开头难，有了这十万字垫底，后面的二十万字便可以边上班边加夜班完成了。记得草稿杀青后，我与老伴分开抄写，那时家里只有一张书桌，她只好趴在床上抄。

第二年春天稿成后，恰逢青海人民出版社编辑李燃来西安组稿，听说有这么一部书，他辗转登门硬要了去。关于这本书的故事，李燃是第四个关键性人物。他毕业于兰州大学，是个有见识也敢拍板的好编辑，回西宁不出一周便给我来电，一口气说了五件事：一是书稿很好，决定作为重点选题出版，两个月内见书；二是已请青海省委副书记刘枫作序（刘枫是个文人出身的领导，听出版社汇报说到这部书，主动提出要写序）；三是鉴于书稿比较成熟，建议书名"论稿"去掉"稿"，就叫《中国西部文学论》；四是力争报全国奖；五是商请我主编一套"中国西部文艺研究"丛书（几年后出了六本，除这本《中国西部文学论》，还有罗艺峰的《中国西部音乐论》、王宁宇的《中国西部民间艺术论》、李震的《中国当代西部诗潮论》、权海帆的《中国西部幽默论》，后来又策划出版了《中国新西部电影论集》）。

一切都很顺利。第二年，即 1988 年，此书就获得了"中国图书奖"。这是青海学术界、图书界第一个全国奖。1989 年，又获得中国当代文学优秀成果奖。日本、加拿大两国根据此书拍摄了中国西部的文化专题片。中国西部电影、西北风音乐和西部文学创作，一时潮音迭起，西部各种文艺报刊纷纷以"西部"易名，如《中国西部文学》《西部电影》《西部》（西安音乐学院院刊），成为重要的文化艺术现象。

但不久事情有了变化。1988 年底，有人对西部电影过多用西方坐标来表现中国沉滞落后的一面提出异议，说我是这一创作思潮的理论奠基人，要批判《中国西部文学论》。有家刊物特别积极，已经将批判文章写好并由领导签发，打出了清样，不知何故却在最后一刻被抽下，失去了面世的机会。联想到十年前的 1979 年，也有人声色俱厉地要给我的长篇论文《呼唤真正自由的文学》戴"修正主义"的大帽子，也是在最后一刻流产，我真是十分感慨和感动。到底是时代变了，从领导层到文艺界，极"左"的东西都行不通了。

万万想不到的是，此时我的好友、编辑李燃突然失踪了。据他在西安上学的女儿李蕾告诉我，李燃的失踪虽然与这本书并无直接关系，但因为这本书的获奖，他被提拔为出版社副总编辑，还获得了一些其他的荣誉和"实惠"，引发了各种不平和嫉妒，这是逼走他的一个原因。李燃乃一介书生，天真而脆弱，承受不起人性中这些如墨的黑暗、如刀的残酷。已经过去十八年了，李燃至今仍未浮出海面，生死未卜，带给他家人的是无尽的等候。东方式的嫉妒既然可以逼死人，逼走个把人又有什么奇怪的呢？

关于这本书的故事只好留下这样一个不圆满的结尾，事实就这样，实在是谁都没有办法的事。

2007 年 3 月 8 日，西安不散居

六十年前出版的《鲁迅三十年集》

我当然不是收藏家，不过却有两件秘藏之物，自认是稀世珍宝，很少炫示于人，总是悄悄拿出来独自品鉴，自鸣得意一番。窃想自己那样子，一定很像法国大作家巴尔扎克笔下的老财迷葛朗台，此人每晚都把自己反锁起来，凑着烛光数钱，在金法郎音乐般的碰撞声和太阳般的光泽中迷醉，然后发出叽叽喳喳的怪笑。

我宝贝的两件物事，一是一块完整的秦砖，五十年前我在还未修葺的西安老城墙乱砖堆里捡的。当时是想断开用糯米汁沸煮，做一方砚台。幸亏拖了几年没动手，某次参观临潼博物馆，见其馆藏秦砖竟然没有我的完整，方知其珍贵，便作为镇家之宝藏于书架上。不料某年某月，家里的波斯猫在书架上表演高空杂技，一爪将秦砖打落于地摔成两截，弄得我险些得心脏病。这老祖宗两千六百多年都安然无恙，怎么就毁在我手里！这罪孽真可以流芳百世了。后来便用"502胶"黏合着，那条长长的缝，带着永远弥合不了的遗憾。可不，瞬间的失误，遗憾何止千年！

便加倍而又加倍地去珍爱另一件宝贝。那是一套六十年前（1947年）出版的《鲁迅三十年集》，共三十册。这套书的出版曲曲折折历经了整整十余年。鲁迅生前（即1936年）便打算编印，亲自拟定了三十册的书目，收进他1906年到1936年间的全部著作。据书后许广平写的"印行经过"云，后来先生"不幸既病且死，未及亲视其成"。此书便拖下来，蔡元培于两年后的1938年才作序，许广平的"印行经过"竟写于六年后的1942年。可见期间多次想出版而未成。"印行经过"写好又过了五年，直到1947年才正式出版。出版一部书，坎坷十年路，其中有多少斗争、多少故事。这套书名为"鲁迅三十年集"，实际上是第一部鲁迅自己编定的"鲁迅全集"，你说多有价值吧！

20世纪70年代，发现绍兴鲁迅博物馆也藏有这套书，但少了几册，是个残本，益发知道了家中这套的价值。遂退出现役，秘藏起来，轻易不动它。我读书有眉批、画线、标重点的不良嗜好，一笔下去，岂不毁了它的原生态？于是另购一套新版《鲁迅选集》，供日常使用。

说起如何购得这套书，更有一段故事。那还是1960年夏，我在北京上大学，每个礼拜天要上街干三件事：一是听中央乐团的星期音乐会，一是去东四隆福寺电影院看复映片（票价减半，又多系文学名著改编），一是去东安市场旧书市淘书——当时这是仅次于琉璃厂的大书市，我在这里遇见过何其芳、林庚、李泽厚等诸位名士或旁若无人地埋首书海，或提着一捆书欣然走过。

《鲁迅三十年集》是我爬上小梯子，从书架顶和天花板的空隙中拿下来的，灰头土脸竟要价十五元，是我这个大学生整整两个月的伙食费。但这是最早最全的鲁迅著作汇编呀，一律采用了单行本初版原有的封面，这些封面大多由鲁迅自己设计，有的还是先生亲自题签和作画，每册书后还有"鲁迅"的印章，教人如何放得下？当时没有讨价还价一说，便打肿脸充胖子买下。另有一册瞿秋白作序的暗红封面的《鲁迅杂感集》，是名家巴人的签名藏本，我与其侄王绍猷恰好同班，且是上下铺，很想买了送他，翻遍口袋却已身无分文。踟蹰再三，红着脸向营业员说明原委，希望能将此书"饶"给我，对方笑了笑，竟然答应！爱书人总能遇到知音。

长安之安

　　这套书是我心头一份挂念，时不时会去专程拜望一次，与鲁迅先生隔时空独对。夜深人静时分，正襟危坐于案头，一如于青灯之下展读黄卷的出家人，在静静的翻读中入定。眼睛，还有心，从鲁迅的文章、鲁迅的印章、鲁迅自己设计和用各种字体、画风创作的封面中缓缓流过，那在黑块中透出血色的《呐喊》、那在昏黄光线下无奈的《彷徨》、那绿草地上黑色和灰色的《坟》、那在铅色天地间冒出来的绿色《野草》，都是鲁迅在对我说话。这时总会进入一种气场，气场中有热力和脉搏的传递，有生命的感应和思想的陶冶。

　　书，是要静下心，一页一页读的。有些书光读还不行，还要用生命去感觉、感受。这已不仅是读书了，是心灵在日光中沐浴吧。

　　　　　　　　　2005 年 6 月 18 日，星期六，西安不散居

音乐是灵魂的叹息

有的书很厚，装帧很精致，但不经看，翻上几分钟，序跋一扫，中间挑上几段，便略知了底细，值不值得看、值不值得细看、值不值得保存，都已八九不离十。这是那种稀释了浓度的书。

还有一种书就不一样了，信息量大，像电子信箱里压缩打包的邮件，值得反复读、反复玩味，将自己的生命和文化激情融进去。这就是那种信息上内涵上都堪称高密度、高浓度的好书了。

最近西安音乐台要为乐评人林声举办纪念活动。林声坚持十年举办音乐讲座，对古城音乐文化的提升功莫大焉。他们要我题词，我写的是"音乐是灵魂的叹息"。完全不是那种祝贺性的话，而是我自己青春时代的体验。由此我想到一套书，这书不但一直保存，而且在不幸丢失之后，又再一再二把它寻找了回来。这就是人民音乐出版社的《外国歌曲》三集。

对这套书情有独钟，得从五十多年前我的少年时代谈起。1955 年，我十五岁时升入高一，不知怎的，生命蓦然就提升了一格，由混沌小崽子一变而为爱面子爱美爱艺术文学的翩翩少年。记得我曾躲在老家的后院，朗诵普希金的诗，那首诗歌吟了夹在书中一朵枯萎的花，自己被自己感动得潸然泪下。

同时爱上了唱歌，随时随地嘴里都在哼着不成调的旋律，少年人勃发的生命，总在寻找倾诉的渠道。那段时间，我速成学会了识简谱，开始是跟着谱子可以哼唱，不久则拿起一首新歌便能唱谱子，直到后来拿起一首新歌竟能直接唱出词来——水平真不算低了。

当时我们所在的班上有四个人自觉识谱达到了顶级水平，自然地形成一个四声部组合，没事就凑在一起唱。

一个叫朱甫晓，女高音。用"朱"姓的谐音起了个外号，叫"朱崽子"，教授女儿，后上北大西语系学德语，一辈子和德国人打交道。退休后下海，成就斐然。我想着她该把音乐忘了吧。不料前几天突然给我寄来她翻译的一本书，竟然还是音乐书——三联书店出版、德国人写的《歌唱的哲学家——迪特希里·菲舍·迪斯考印象》。我立即去电话说：你真是劣根性难改呀。

一个叫辛绍平，男高音。用他名字的谐音，起了个外号叫"烧饼"。出身音乐世家，其姐辛沪光，也求学于我们这所中学，20 世纪 50 年代末毕业于中央音乐学院作曲系，毕业作品是后来成为经典的《嘎达梅林交响诗》。她不但将艺术、也将爱情献给了内蒙古，远嫁草原上的包姓蒙古族音乐家。四个孩子几乎全搞音乐，其中最有名的是老三——三宝，写《不见不散》的那个，粉丝极多。辛绍平自己也终生与音乐结缘。他在清华大学学电机，终生在西北电网搞技术，大学时在清华交响乐队吹拉管，以后一直是发烧友，音乐文化水准极高。退休后竟然在陕西音乐广播频道当起了乐评人，有滋有味地给听众上音乐课。

第三个叫李志兰，女低音。华中师大毕业后终生任教中学，至今对我们少年时代的四重唱念念不忘。

第四个就是在下我，不幸权且充了个男低音。

恰好两男两女，又恰好可以分成男高、男低、女高、女低四个声部。而能够满足我们过四声部瘾的，当时唯有外国歌曲。我们一人买了一本 64 开的《外国名歌 200 首》放在口袋里，有空便唱起来。有次周六约好不回家，在教室整整唱了一晚上，从第一首唱到最后一首。口唱干了，人唱疯了。恐怕很多人都有那种体会，就是青春之火被音乐点燃，一时半刻扑不灭，快要烧成灰烬的感觉。我们这个四声部合唱小组，您别说，还很是被班上同学羡慕呢。

这歌本上大学我带到北京。一、二年级遭遇"大跃进""三面红旗"运动，不仅文艺提倡革命现实主义和革命浪漫主义相结合，整个民族也提倡敢说敢想敢干，立下了"超英赶美"的伟大志向和"现在世界上究竟谁怕谁"的斗争目标。故而那时候空气还算活跃。爱音乐的我成了中国人民大学管弦乐团一名单簧管乐手，有两年的"五一""十一"节日之夜，还滥竽充数在天安门广场前为舞会伴奏，当然只是个滥竽充数的南郭先生。这时革命歌曲渐多，我学单簧管头两首曲子便是《社会主义好》和《人民公社就是好》，但外国歌曲仍然是藏在我心中的至爱。

为了过足这个瘾，大学班里组织了一个不伦不类的室内乐小乐队，只三个人，一把小提琴、一架手风琴，我吹口琴（狗肉也上席面了），主打保留曲目便是这本《外国名歌200首》

里的曲子。

有几次还产生了去北大、清华把朱甫晓、辛绍平叫过来重温旧梦的冲动，但"大跃进"时代，功课不忙运动忙，大炼钢铁劳动忙。况且又都长大了，各人有了自己新的梦，终未遂愿而成憾事。

大学毕业，这歌本又被我带到了西安，只是很少唱了。那时对西方一切文化抱着戒备与成见，稍不慎就被视为"资产阶级思想情调"。而且与苏联也已交恶，弄不好还会被扣上"修正主义"的帽子。记得我因为在《陕西日报》搞文艺报道，近水楼台从电影公司弄了几张电影演员（记得其中有谢芳和王心刚，那时还不叫"影后""影帝""天王""天后"）的大照片贴在单身宿舍的墙上，团支部就批判我的"小资情调"。比起"资产阶级和修正主义思想"来，给你一顶"小资"帽子，当然算高抬贵手了。

这歌本从此灰头土脸地躺在角落里，其实我心里却从未放下过它。"文化大革命"搞得最厉害那些日子，在那段最压抑的日子里，我被下放汉中农村，只带了几本书，除了《毛泽东选集》和《毛主席语录》，还有它。想着在最孤独无助的时候，这些歌或许能给我一点美好的回忆，使我回到阳光明媚的青春时代。

我将它带到大巴山深处海拔1500米的五里坝乡，又带到了修建横贯汉江盆地的阳安铁路的民兵工地。我在那里担任了民兵团的宣传干事，虽有组织大家文艺活动的任务，但那都是些"革命文化"的宣传鼓动节目，哪里敢把这"200首"拿出来。"文化大革命"沉重的政治气氛，工地繁重的战斗任务，基层浓重的宣传色彩，使我从未尽情地唱过一次歌。

在多雨的陕南，歌本已经开始发霉，我还是不离身地带着它。

这天铁路工地因雨歇工，民工无事，聚在大工棚的通铺上拉开了歌。先是毛主席语录歌、流行革命歌，后来，点燃的青春之火越蹿越高，老歌、民歌，甚至带点颜色的情歌，都如数家珍唱将起来。我意识到，作为"干部"应该出面制止，却没吭气。我听迷了，在那个高压的时代，我不想惊动这些难得松弛一回、张扬一回的年轻人，也不想给压抑的自己再加压抑。

不可思议的事情就那么在一瞬间发生了，我突然三下两下取出了《外国名歌 200 首》，飞快地朝无人的工地跑去，像怕有人追踪，更怕自己改变决心。我在一个混凝土搅拌机旁站定，翻开歌本，对着大山猛唱起来。

我已经不记得自己都唱了哪些歌，但清楚地记得当时的心情。嗓门大到失了声，像是故意吼着和谁较劲："我偏唱！""唱了怎么着？""要杀要剐随便！"

我唱得像哭。在与看不见的对手较劲中，生命既有快感、有喜悦，又有一丝傲然和藐视，还有嘲弄、有调侃、有报复，麻木已久的痛苦被唤醒，不知为什么竟转化为一种胜利的快感。

一种压抑许久的东西爆发了。远不止是对文坛艺苑百花凋零的逆反、对生活单调的不堪忍受，更多的是对极"左"政治的阴霾扼杀人性、窒息感情、堵塞情绪释放渠道的抗争。那是一种多么无助的挣扎。

我唱得要哭出来，直到一滴又一滴眼泪真切地落到嘴角，才戛然停止。

那并不是泪珠，是雨水。雨从破漏的棚顶飘下，身子被打得精湿。头发梢上滴下的雨水满脸乱跑。

我抹一把脸，发现有四只大眼睛正看着我。那是两个穿蓑衣挎篮子的孩子，他们可能是打猪草路过，对这位在雨中"发神经"的大人，目光中满是好奇和不解。

我一言不发地回去了。有点不好意思，有点冷，哆嗦着。我无法和孩子们说清那个时代和处于那个时代的自己。只希望他们能过与此截然不同的日子，永远纯真，永远阳光，永远不再遭遇我们遭遇过的。

歌本差点成了生命关不住的闸门，一旦决口失去控制，它便成了祸害。

但在由汉中搬往关中工厂的辗转中，这绝版多年的歌本竟丢了，无影无踪离我而去。我像丢了魂，在旧书摊到处寻找，希望能再弄到一本二手货，但每次都空手而归。

大约又过去了五六年，1979年，那个压抑的时代终于结束了。不久我便在报上看到一条两行字的小消息，说这《外国名歌200首》重新修订，增加了100首，分三册再版。我当然在第一时间买到了它，便是手边这套《外国歌曲》，一册蓝、一册绿、一册褐。

1984 年的夏天，我去新疆伊犁开第一次西部文艺研讨会，顺手将它塞进包里上了飞机。这个会我是发起者之一，又要做主题学术报告《关于中国西部文艺的若干问题》（两年后发展为专著《中国西部文学论》出版），忙乱之中几乎把它忘了。

会议休息一天，组织去伊犁河对岸的察布查尔锡伯自治县参观，"文化大革命"前参演过《天山牧歌》的电影演员萨玛丽珂邀几位四五十岁的同仁去伊犁河边的白桦林中走走。灰绿色的河水，丰润无比，涌到脚下，又漫向天边。白桦林将弯弯的河隔成一段段风景线，丰沛润泽中又显出一些巧妙的变化。

突然响起了高亢的女声，似乎从林子深处飞起来，而其实就在身边——是萨玛丽珂！她唱的是我们这个年龄段的人所熟悉的俄罗斯民歌《在贝加尔湖的草原》：

在贝加尔湖荒凉的草原

在群山里埋藏着黄金

流浪汉背着粮袋慢慢走

他诅咒那命运不幸

……

长安之安

几个男声很快参加进来，我几乎毫不犹豫地、下意识地便走向了低音部。歌声由于有了低音的铺垫和声部的交响，在俄罗斯民歌惯有的忧郁中飞扬起辽阔和浑厚。那种十分地道的俄罗斯气派，和谐地融进了有着中亚气息的伊犁河风景之中。

一定的歌曲常常流淌着一定时代的情绪诉求和一定人群的归属认同，一群中年人的心灵在歌曲中找到了家园。他们迷了，他们醉了，他们疯了。在疏林和丰水之间，翻着那本《外国歌曲》，一直唱到夕阳西下。我们早掉了队，会议的专车已无影无踪，大家只好步行到公路上去挡车。待三三两两坐上了牧民运草车的后斗，这群中年人还在唱。

打自那以后，我很少再有机会与我的《外国歌曲》作心灵之会。卡拉OK早已风行到城乡的各个角落，不少外国歌曲都进了卡拉OK的节目库，随时随处都可以唱了。只是好歌绝不是可以随便拿起麦克风就唱的，尤其不可以在酒足饭饱之后用来消遣。它需要环境，需要心情，需要生命的投入。当这一切都没有了，只剩下文不对题的音配画和灯红酒绿的俗艳之气，又何必硬唱而去亵渎音乐呢？听不到生命的叹息，音乐也就没有了生命。

三册《外国歌曲》从此久居书架的底层（那是我放非常用书的所在），被愈演愈烈的时尚尘封起来，就像渐入老境的我，只能在岁月无声的回忆中，守望住音乐的真生命、心灵的真生命。

哪一天，只要它重被打开，飞扬出来的，必定还是生命鲜活的搏动。

2006 年 3 月 16 日，京西宾馆 802 房间

"世"之"界"，在哪里？

职业和爱好，使我的藏书几乎全是文史哲方面的，但在 6 号书架的最下层，还是有我多次舍不得清理掉的十几本科普书籍，像《自然科学史讲话》《从自然科学中学哲学》《微观世界的奥秘》《微生物猎人传》《时间简史》等。其中，给过我震撼的一本书，则是新华出版社 1982 年出版的《众神之车》。此书副题是"上帝是个宇航员吗？"，作者是瑞士的埃里奇·冯·达尼肯。

这位达尼肯先生，费时数年，涉足世界各地，收集了大量材料，以许多无法解释的史前现象和宗教传说，来证明宇宙极可能存在着比人类更为先进的外星人，而且外星人来过地球，不但留下了他们的文明，甚至留下了他们的基因。够刺激的。

这本书主要由例证和发问链接而成，写得深入浅出、引人入胜。例证有铁板钉钉的力量，疑问又给你醍醐灌顶的启发，读下来，一连串的"！"和一连串的"？"组成冲击波，使你处在高度活跃状态中。作者避免深奥的理论阐述，却又通过实例广泛涉猎了考古学、历史学、社会学、人类学、地理学、测绘学、物理学、建筑学、艺术、宗教、医学，还有相对论、宇航学、未来学、宇宙生物学、射电天文学、人体科学和飞碟研究等广博而又丰富的科学知识。

不妨举出几个例子，与各位共享：

18 世纪初叶，在海军上将比利·雷斯于伊斯坦布尔的书库里发现一幅复制的地图，图上竟然画出了湮没于冰雪之下的南极洲大陆的地形。这幅地图上的南极陆地，和当代美国空军在高空用等距投影法拍摄的世界地图照片，和"阿波罗 8 号"宇宙飞船拍摄的地球照片，十分相似，有的地方还很精确。南极大陆的山脉及其走向是 1952 年才被发现的，而在二百年前发现（地图远比二百年长）的这幅复制地图上，竟然也透过冰雪的覆盖画出来了！这种只有高空才能观察到的图像，对当时既没有飞机也没有飞船的地球人来说，怎么拍出来的呢？绘图者必定会飞翔，有高精度的高空拍照技术和设备，除了在外星人的飞行器上，几乎没有旁的解释！

在原始神殿的壁画上，为什么会出现酷似现代宇航员和火焰推进器的图像呢？在公元前 3000 年、公元前 1000 年、公元前 700 年的三块出土的亚述泥板上，又为什么刻着处在星光中的头戴奇异头盔的人像和乘着喷火天车的宇航员图像呢？

在南非、意大利和撒哈拉沙漠的岩画上，为什么又会不约而同地出现穿着近代服装（如短袖衫、马裤、吊袜带、手套与便鞋）和宇航头盔、太空服装的人呢？

公元前 2000 多年（距今 4000 多年）就开始记载自己历史的苏美尔人，在观象台上对地球自转的计算，与今天的推演结果相差不过 0.4 秒！他们留下的一道计算题，其结果竟是一个 15 位数的数字！而于其后 2500 年出现的希腊文明鼎盛期，数字表述却从未超过五位数，凡大于万以上的数字，只能用"无穷大"表示。这是不是说明曾经有另一种更先进的文明降临过地球，并在苏美尔地区传播？

在西方和东方的宗教故事与古代传说中，不约而同地都有对天上飞车、火轮、不可对视之放射性强光以及"上天的儿子"的记叙。这些记叙是那么类似。近年来在死海发现的《库兰古卷》大大扩充了《圣经》中"创世纪"的内容，描绘了天上儿子、天上飞车、飞行怪物喷射的烟雾。在《摩西启示录》第33章中，夏娃仰望天空，只见一架光车划破长空飞驰而过，光车由四个金光闪闪的天使牵引，壮丽辉煌，远非人间景象可比。

苏美尔人、亚述人、巴比伦人和埃及人的楔形铭文多次描述了这样一个相同的画面："众神"乘大船或火艇飞越太空，往返于星月之间，且拥有令人望而生畏的武器。蒂亚瓦纳科的英雄传奇和"太阳门"的铭文则记载了宇宙飞船送"伟大的母亲"到地球生儿育女的事。

印度梵语史诗《罗摩衍那》描述了一个叫比摩的人，驾驶飞行器"维摩那"，借助水银和强大的推动气流高空航行的情景。维摩那"往下迸射出耀眼的光芒，发出暴风雨似的雷鸣声"，它可以长距离飞越整个大陆，可以向上向下自如翱翔。另一部梵语史诗《摩诃婆罗多》更精确地描述了帝释天乘喷气天车的情况。第8卷甚至记载了核爆炸的景象：一架"维摩那"扔下了一枚射弹，"炽热的烟雾腾空而起，迸发出比太阳强一千倍的光芒，世间瞬间化为灰烬"。与美军在比基尼岛的核弹试验何其相像！

长安之安

中国西藏的古书《檀传》与《龛传》也提及史前的飞行器，称之为"天上的珍珠"。在《挈摩襄噶衲·觫札达拉》一卷中，整章描写的都是尾部喷火和水银的飞船。中国古典小说《封神演义》中，也写了脚踏风火轮、手提紫焰枪漫天飞行的哪吒。哪吒与燃灯道人打斗，道人祭起玲珑塔，只见万道亮光穿透九重天，把哪吒罩在中间，光柱内喷发火焰，却一点儿也不灼烫。这是什么？是不是宇宙飞行和冷光辐射？

……

令人神往的资料太多太多，各位还是看书吧！

读这本书时我已经四十二岁，生命已开始走向沉稳务实，这本书像一根划着的火柴扔到酒精里，早已逝去的冥想岁月和童话年代瞬间点燃，各种拓展性和伸延性联想噼噼啪啪在心中烧成一片火海，忽一下让我拐回到活跃而浪漫的青春年华。合上书，好几个晚上我一人站在楼顶上，长久长久地注视着夏夜墨玉般的天穹，良久无语。

深不可测的天穹上，无数的星星在向我眨眼，引诱我去想象那个比已知的地球开阔亿万倍的未知世界。我想象他们那里发生过的和正在发生的故事。他们真的存在吗？他们真的知道我们也存在吗？他们真的一直想来而且坐飞船来过而且在约定的某一天还要来吗？他们的时间空间观念和时空计量单位肯定不一样了，那又是怎样的呢？我们的五百年等于他们一年？太平洋、大西洋只不过是个小水洼？宏大的宇宙时空坐标又怎样展示了他们的思维观念、思想方式和工作方法？社会结构和组织管理有哪些新的路数值得我们借鉴？文化心理和人格模板又是怎样的？价值观念、审美观念、爱情婚姻、家庭状况与我们又有哪些不同？外星人几度显示出要改良人类生命品质和文化科技品质的意向，他们的科技、经济、社会发展到底到了怎样的程度？这一切，都已经远远超出了目前人类智力的想象范围。唯其未知，唯其没有答案，才更具有思考、想象的价值，不是吗？

对我来说，《众神之车》远远超出了科学普及和知识传播的意义，它不只给我提供了许多有趣的知识，更给我提供了一个新的审视人类社会的坐标，即宇宙坐标。这个新视角提出了对原有坐标上种种结论的无数怀疑，也提供了对新建坐标上种种探索的无数可能。它隐藏着极大的潜价值，即启发人类从一个崭新的角度，调整和构建自己的宇宙观、科技观、社会观、伦理观和致思方式。

世界——"世"之"界"，到底在哪里？只在文字可记录的范围内吗？只在语言可表述的范围内吗？只在目光所及、镜头所及的范围内吗？只在人类所处的时空范围内吗？只在历时态和共时态的地球范围内吗？远不止啊！世界由人类的生活组成，更由草木鸟兽和天地运行活动组成。世界的主角是地球，而地球只是宇宙中一个小小的承载了生命的星球。科学家曾设想，在宇宙中，具有生命先决条件的星球应当有 10 的 11 次方之多，那足足是一千亿个星球啊！

中国儒家哲学中的自我可以分为四个层次，即欲望我、知识我、德行我和宇宙我，这本书似乎一下子将欲望之我、知识之我提升到了德行之我和宇宙之我的境界。知识主要与能力相关，德行主要与人品相关，而境界则是与生命的形而上格局相关。宇宙坐标可以将人从身边的环境急速提升到宇宙大境界之中，使人这个小宇宙的微弱萤光汇入大宇宙的无限光彩之中。一个人，必须尽快由欲望我、知识我一步步融入德行我，进而融入宇宙我的博大境界之中，那才是具有大气象的人、具有圣贤气象的人。

好一阵子，我都被这种创造性的怀疑、探索性的想象撩拨着，激动着，思维空前活跃，生命也重焕青春。我笃信：一切可能都从不可能起步，一切有都从无开始。我也因而笃信：稚童般的好奇是创造精神的驱动力，对已知的怀疑是征服未知的后坐力，而想象、甚至幻想，是创造性活动的加速器。

如果你珍惜青春，珍惜创造生命，我劝你加倍珍惜和保持、扬励自己身上的这些精神因子。

2006 年 4 月 15 日，星期六，西安不散居

倒春寒，气温猛降 20℃

心有"二夫"

　　"你呀，可以得两个冠军：干活冠军，干起来不要命，拉都拉不住；睡觉冠军，懒起来世上少有，打雷都醒不来。"有次老伴这样唠叨我。余笑答："然也，此乃肖氏心有'二夫'之故。"幸亏说的是"二夫"而不是"二妻"，夫人不至误解，只是苦笑，做无奈状。

　　我心中的"二夫"都是 19 世纪末 20 世纪初的俄罗斯人，一个叫拉赫美托夫，一个叫奥勃洛莫夫。都是小说里的人物，不是真的却比真的还真，比当时许多真人的知名度和影响还大。拉赫美托夫是车尔尼雪夫斯基长篇小说《怎么办？》的主人公，他的热血沸腾、对理想的追寻、对事业的投入、对律己的严格，我一生都在效仿，可以说浸入骨髓。在一篇专门谈《怎么办？》的文章中，我曾说"拉赫美托夫"是我心中一种病、一种情结、一种意义特指和价值坐标。"拉赫美托夫病象"常会在我身上发作。此处不再赘述。

奥勃洛莫夫是俄国作家冈察洛夫同名长篇小说的主人公。作为一位破落的有知识的农奴主，祖上没有给这个主人公留下多少土地和财产，倒留下了一笔丰厚的坐享其成、坐而论道的能耐以及种种寄生的恶习。他心地善良，最大的嗜好是躺在沙发或床上，在昏昏欲睡中冥想或在冥想中昏昏欲睡，从不打算也从无能力付诸行动。小说一开始他便是这个姿势，脑子里活跃着种种计划、想法，从八点到午后，近一百页过去，还两只脚穿着不一样的袜子坐在床上！那年冬季，一位充满活力的新派女士奥尔迦想用爱情来拯救他，他也动了真情。女士每次有意把约会定在户外，想用严寒和运动改变他的积习，结果在爱情和慵懒二者中，他依然选择了后者，眼睁睁看着心中的爱被俄罗斯寒冷的风雪扑灭、被自己的积习扑灭！

我非常喜欢冈察洛夫那种细腻生动而毫不繁冗、沉滞的描写，字里行间流溢着居高临下的智慧与幽默，幽默中有着犀利的反思。他写奥勃洛莫夫的梦境，整个是乌托邦冥想，对主人公的性格、对俄罗斯社会和当时的改革力量，都有深湛的寓意和审视。写午睡更绝了，对每天午饭后弥漫在整个俄罗斯大地上的浓浓鼾声和睡意，那传神而又略带夸张的描写，把隐匿于其中的农奴制的衰败和民族心理的疲惫，从非常深刻的层面艺术地传达出来。作家在日常生活中洞烛幽微的能力，使你感受到一种审美震撼。

才华横溢的评论家杜勃罗留波夫对《奥勃洛莫夫》发表了透辟的见解。他说：奥勃洛莫夫的形象标志着俄国19世纪"多余人"蜕化的极限。奥勃洛莫夫的慵懒和无能，不只是个人禀赋，而是整个农奴主阶层和他们所依附的制度的腐朽和无能。他精神上的死亡过程，也就是他的阶级和他的制度的死亡过程。因而人们在小说深处听到了历史的声音，这便是强烈的反农奴制情绪和社会变革的愿望。这些见解有着炫目的思考光芒，对我后来选择搞文化评论起了重要影响。

列宁也曾以奥勃洛莫夫为鉴，谈到十月革命后苏联的社会问题。他说："俄国仍然存在着许多奥勃洛莫夫。只要看看我们如何开会，如何在各个委员会里工作，就可以说老奥勃洛莫夫依然存在。"这个形象对俄罗斯民族精神的影响，完全可以与中国的阿Q相比。

　　如果说对于年轻时代的我，奥勃洛莫夫这个形象主要启迪了我对农奴制俄国和农奴主精神的批判性了解，到了晚年，我将社会视角转换为生命视角之后，对奥勃洛莫夫则多了一份理解。"二夫"，往往成为我主张生命要有张弛、有节奏的代名词，主张在入世和出世中游弋的代词。从本质上看，我几乎没有英雄气质可言，是个在儒与道之间彷徨的人，是个随遇而安的性情中人。生命既然必定要由蓬勃年华进入深秋暮色，不论愿意不愿意，每个人的人生姿态终归都要逐步由"拉赫美托夫"向"奥勃洛莫夫"转化，由奔腾激荡而尘埃落定，这几乎是由不得人的事。因而我虽然钦佩那些老当益壮的人、那些为既定目标终生奋斗的人，却并不责难自己的慵懒。难怪夫人要唠叨我了。

　　　　　　　　　　　　　　　2005 年 6 月 27 日，星期一

　　　　　　　　　　　　　　　酷热 37℃，西安不散居

长／安／之／安

CHANG'AN ZHI AN

友朋长安

———

和丁玲一家

现在说该是前年了，记得也是这样一个冬阳正盛的日子，我收到从北京寄来的十二卷本的《丁玲全集》，暗红烫金的书脊，码了整整一小箱。我提不动，是物业上的保安帮我拿上楼的。包裹单又是丁玲的老伴陈明老那熟悉的字迹，打开书，扉页上有他写的"陈明持赠"的客气话。八十多岁的人了，难道还是他亲自跑到邮局去寄？我记不清这已是陈明老第几次寄书来了。先是一批研究丁玲的书，后来又有丁玲各种版本的作品集、纪念文集和四卷本的《丁玲文集》。我脑际浮现出陈明老坐着地铁在北京穿梭、艰难地在地铁长长的电动扶梯里上上下下的图景。他家在木樨地地铁站口，地铁便一直是他主要的交通工具。

往事苍茫，三十年来，与丁玲、陈明一家交往的情景如在目前。

1978 年，我回我的家乡江西庐山参加粉碎"四人帮"之后的第一次全国文艺理论研讨会。当时我是报社文艺记者，听说还没有完全平反但就要复出的丁玲，刚做完乳腺癌大手术，正在庐山做术后疗养，我便在会间采访了她，后来写成两篇五千字文章：《真想延安——访丁玲》，在《解放日报》和《陕西日报》同时发表；《"西战团"在西安——丁玲访问记》，在《戏剧报》（即现在的《中国戏剧》）和《当代戏剧》发表。这是丁玲受难二十多年复出前后最早的访问之一，许多报刊做了转载。

《真想延安——访丁玲》是这样开头的：

在风浪中滚了一生，丁玲的确苍老了。她宽衣缓带半躺在沙发上，大热天用电热毯暖着肚子，眉宇间弥漫着疲倦，也许不只是疲倦。她已经七十六岁。五十多年的动荡，二十多年的坎坷，四个月前又做了大手术——这艘饱经风浪剥蚀的船，此刻停靠在庐山略作小憩了。

一谈起延安，丁玲就生气勃勃起来，开始了有声有色的回忆，蹒跚地在房中走动，让我想起一位作家说她"有时是以姑娘的眼睛来看生活"。延安，是现代中华民族的青春和丁玲、陈明的青春在社会革命运动中相融聚的地方、时代和个人生命活力碰撞应和的地方，这块土地使她的理想、她的激情、她的才华有了最好的展示舞台，给了她一生最灿烂的记忆。这段灿烂记忆支撑着以后几十年在苦难中辗转的她，像光一样照亮她的心灵。她不是强者，也不是哲人，很少用文学家常用的艺术语言或哲理语言说话。她像是街头巷尾常能遇见的老奶奶，慈祥、亲切地用家常话说着她的延安。她在往事中散步，神态自若地避开人生路上的荆棘和石块；碰上敏感话题的时候，只是淡然一笑，调开步子再往前走。

知道我也是江西人，陈明老一下就热络起来，谈兴大发。他年轻时演戏、写戏，说时还带着表演。直到诗人公刘的女儿跑来，说她爸爸这几天爬山累了，病况不佳，左眼又看不见了，陈明才不情愿地打住。巧的是正在庐山疗养的公刘也是江西人，陈明便邀我一道过去看看。刚出门，丁玲追着说："把半导体收音机带过去。公刘不能看书，在山上怪寂寞的。"老人一手扶着门框，眼里满是同为天涯沦落人的凄楚。从丁老那里出来，我有一个十分明晰的感觉：这老两口是不属于这座名山的这座别墅的。丁玲永远属于宝塔山的沟壑山峁，属于北大荒的兵团农场。这里的一切——地毯沙发"席梦思"，都羁留不住他们，不过是小憩，不过是路过，他们的心在远方。

果然，复出以后的丁玲，像被雾障遮掩于一时的庐山松，又显示出了葱郁挺拔的身影。这位世纪的同龄人，和她的世纪一道在曲折的旅途上艰难前行几十年，终于来到一个新的境界。她那一直被扼抑又一直在蕴集的创造力，发生了井喷。她写长篇、短篇、散文作品，评论老中青作家，年届八十还领头编辑大型文学刊物《中国》，出席各种文学活动，开会、讲话、旅行于国内外。而陈明则一直默默地在她身后关爱她，协助她整理、修订、校阅卷帙浩繁的旧作。

1980年，丁玲一行要重返北大荒，她亲笔来信热情邀我同行，具体到什么时候、在什么地方换车都安排好了，可惜我因单位事忙最后没有成行。1984年在厦门的"丁玲作品讨论会"上，我去鼓浪屿看望丁玲，她问我会后能否一起去福州胡也频的老家看看，沿途好给我谈些"情况"。我想她是想告诉我关于她人生几个大转折点的真实情况，好向社会传达。可因我要回江西老家，又未成行。所以1985年春末，当老两口重访西安、延安，又要我作陪时，我排除了一切事务，作为记者全程跟到底。

对访陕七日中的丁玲、陈明，我写有近七千字的《又见塔影》，这里无须再叙。只想再说两个细节：一是游清凉山时，清凉山诗社请二老题诗留念，丁玲建议合作，一人说一句。然后，她脱口便出"重上清凉山"；陈明沉吟半晌，续了第二句"酸甜苦辣咸"。几个字说尽一辈子，说得满座肃然。好在主人机敏，很快又续上三、四两句："说来又说去，还是延水甜。"另一次是在延安大学操场讲话，等不及麦克风装好，八十一岁的老人便像当年在延安集会上动员群众那样，"徒口"演讲起来："离开延安四十年了，四十年来，梦、魂、缭、绕……"这时，风吹乱了她的白发，她的眼里噙着泪光。

从延安回西安途中，丁玲看到我夹在采访本中孩子的照片，在背面题词"像星星一样明亮！——给肖星"。访陕间隙，两位老人又几次安排要和我详谈一些"情况"，终因日程紧，求见他们的人多，未能谈成。直到机场送别，他们还拉着我的手说："只好待我们从澳大利亚回来了。你来趟北京吧，在家里关上门不见客，细细地谈。"哪能知道这竟是最后的诀别！

长安之安

1986 年 2 月，春节刚过，我奉命带领陕西省文化系统扶贫工作组去陕北榆林，行前接到陈明北京来电：丁玲病危。我当即复电遥祈丁老早日康复，并称很快把工作组带到目的地，安排十几位同志驻进村，甫一安身，即从榆林直接赴京探视。不料几日之后丁老就仙逝了。西安机场送别时的最后一握，构成定格，成了烙在我心上久久的痛。

那以后，我反倒与陈明老联系多了。陈老与丁老相濡以沫五十多年，相携走过的尽是坎坷之路，苦难多于顺利，却一直相爱至深。丁玲的《牛棚日记》对两人在离乱之中那情人般的思念，有动人的记载和描述。夫人谢世后，陈老以全部精力投入丁玲文集、全集的出版和研究，承担起大量丁玲遗稿、日记、信件的发掘整理、编辑注释工作。一部一部、一本一本，关于丁玲的新书，从北京一路散着墨香，寄到西安。我每赴京也尽量去家看他。陈老对生活很乐观，曾自豪地告诉我，寄到各地的书大都是他亲自去邮局发出的。从他家几站可到邮局，几站可到书店、商店、饭店，老人记得清楚精确。我真为他高兴。

大约是 1999 年，鉴于延安是丁玲文学活动的重要一站，中国丁玲研究会决定在延安召开一次全国性年会，陈老将丁玲在延安时期的小说、散文编了一个集子，叫《我在霞村的时候》，想赶在会前印出。他希望由陕西的出版社出版，委托我做他的代理人并写序。联系出版事宜是我应该做的，写序我推迟再三，老人再三不允，我只好诚惶诚恐命笔。那几个月，我们全家动员，我联系出版社、写序，老伴校对，儿子跑腿，终于在大会开幕的第二天，我连夜把第一批几百本新书拉到了延安万花山会场上。

无巧不成书的是，陈明老后来的老伴张珏也搞的是新闻这一行，竟然和我的大学同级同学周溥雄、马文蔚在北京电台一道工作了十几年。后来她调到社科院新闻研究所，又和我的同班同学赫建中共事。张珏是20世纪二三十年代老作家张友鸾的女儿，明达大度，家学渊源，她也和陈明一样，以极大的热情投入丁玲身后其著作的出版、研究的事务工作，说来真令人感动。而她的女儿张恬，更巧了，竟也在文联系统工作，是北京文联研究室主任兼《北京纪事》杂志的主编。我们在几个会议上相遇，在太原时，还一道去看望重病住院的马烽，和马烽夫人老杜狠

长安之安

聊了一通延安旧事呢。

　　写到此文最后，我给陈明老拨通了电话，我说我正写我们来往的故事呢，他高兴得连声说："早该写了，早该写了。"电话两头都笑了，笑得很是温暖。

　　我和丁玲一家，就这样以文相交，因书结缘，想不到快三十年了！

　　　　　　　　　　2007 年 1 月 30 日，西安不散居

　　　　　　　　　　时零上 18℃，春暖赶在春节前降临

柳青的目光

想起柳青，就会想起他锐利的、咬透铁锨的目光。

1962年夏天，我二十刚过，到陕报副刊工作不到一年，给陕西作协的柳青、杜鹏程、王汶石、魏钢焰以及广州的秦牧、上海的吴强、福建的郭风等知名作家去信组稿，结果是：老杜、秦牧、郭风各寄来一稿；汶石回了信，说暂无短稿，有稿一定给陕报；而柳青，杳无回音。我不死心，便"打上门去"，骑着自行车，慢上坡二十里，跑到长安县皇甫村他的生活基地去面约。走进半坡上的中宫寺，只见柳青平头留髭，穿青灰对襟褂子，正在务菜。院里有槐树、梨树、石榴、冬青。他很不给我面子，谢绝了稿约。他说：云儒，稿子不是"约"出来的，不是按别人的命题能写得出来的；要心里有话才有稿子，有了稿子我会给报社寄去。他说得很慢，好像在斟酌用词，以不要伤了眼前的这个年轻人。他的目光显出一种穿透力，像用刀子在解剖你。我不由得想起他的中篇小说里那个叫"狼透铁"的主人公来。对了，那正是一种关中老农"咬透铁锨"的劲儿。

大约三四个月之后，这年的 10 月份，文艺部领导叶浓（就是后来那位著名的书法家）突然将柳青的一篇来稿交给我，要我编发。那便是《耕畜饲养管理三字经》。有点秀气的钢笔字写在发灰的糙稿纸上，稿子是用平信作为自由来稿寄来的。在给编辑部的信里，柳青完全以一位驻村干部的语气，说明编这个"三字经"的用意，是因为农村草料紧缺（那正是所谓"三年困难时期"），他想用这种通俗的形式归纳一下喂养牲口的经验，在农村推广。我那时正值不知天高地厚的年纪，觉得这个"三字经"有几句韵似可推敲，便斗胆改了。叶浓让我一定要送去让作者过目定稿。我便再上皇甫村。柳青看了编后的稿子，显然有些不高兴。他说："你是南方人，说北京话；我用的是老陕话，押韵，农村好流传。"眼镜片后面，又透出了那种咬透铁锨的目光，目光里含着深邃的人生内容和社会担当，浅薄者会感到它的尖锐。我当然从中读懂了他的"潜台词"。

《耕畜饲养管理三字经》在报纸副刊发表后，反响很大，《人民日报》转载了，《延河》杂志加了时任陕西省作协主席、著名评论家胡采的专论转载。不少报刊也发表了作家以群众的生活、生产为己任的人民文艺精神作品，一时成为舆论热点。

那以后，当读到柳青在 1960 年代中期写的《建议改变陕北的土地经营方针》一文时，在他论述陕北应该尽早休耕粮食、还林还草、多种苹果的透辟的分析中，我又感到了这种目光。这次除了深邃，更多了一点宏阔。作家不但是社会的心灵的书记员，也是社会的心灵的建设者。自然，这一切在《创业史》里我们能感觉得更强烈。

在陕西省作协听柳青的文学报告，也是 20 世纪 60 年代初的事。他讲"文学创作应该是六十年一个单元"和"三个学校"，那种把一种理解、一个观点推向极致的、独特的表达方式，久久成为文学界的话题。记得讲"文学创作应该是六十年一个单元"时，他顿了一下，眼睛从镜框下翻上来，扫了扫会场。那一扫，无异于对自己的观点做了一种放射性处理，是着重号，是惊叹号，听众心里瞬间产生了核聚变。他准备以生命殉文学的狠透铁式的倔强，让每个人心中激灵了一下！这样的人是攻无不克的。

可叹者天不假年，尽管重病中的柳青请求医生多给自己一段生命，让他好抓紧写完《创业史》第二部，可这位执着的作家最后到底没有干完"六十年一个单元"。柳青于 1934 年在西安高中开始写短篇小说，到 1978 年去世，他总共只写了四十四年。如若他能活到今天这个可以自由思考和创作的年代，他那哲人的深湛和睿智一定能够表达得登峰造极，而现在只能带进冥冥之中。

有一次，我也见到了柳青无告的、近乎痛苦的目光。那是在 1973 年 2 月 27 日下午，陕西省出版局召开的业余作者创作座谈会上。那是"文化大革命"中少有的一次创作座谈会。由于作家协会被砸烂，已经没有了专业作家，也忌讳依靠专业作家，所以叫业余作者创作座谈会。我那时被下放汉中，是作为该地区的业余作者与会的。

听说柳青当时并没有被下放到干校（或已从干校回到西安），住在西安莲湖路的一幢简易楼上养病，与会者强烈要求他来会上讲讲创作。柳青在"文化大革命"中的种种传闻于会上不胫而走，成为"民间话语"的"头条"。传闻的核心是他的硬骨头。比如批斗会上红卫兵强迫他自报家门"我是黑作家柳青"，他总是昂起头说"我是正在受审查的共产党员柳青";强迫他承认《创业史》是大毒草,他总是切实地说"《创业史》可能是有缺点的作品"。

柳青在这次讲话里谈到了自己抱病写《创业史》第二部的情况。"很难进入。真难。每天在莲湖路,只能看看大街、汽车,要不就是孩子们用自行车驮我上医院。没有了皇甫村的牛哞马叫,没有了水田麦地、蛤蟆滩的蛙声,根本进不了梁生宝、梁三的生活氛围。真难呀!"他沉吟着,眼里有一种哀怨,显示着刚强者在离开生活之后的无奈和无告。

柳青认为作品内容、形式、技巧的全部资源都潜藏在生活之中,构思和创作的全过程最好不离开生活,作品的各种信息最后也都溶解在生活之中,因而体验、研究、表现生活的能力,才是作家创作力最重要的标志。他为了这个信念,长期坚持农民的、农村的对象化生存。当"文化大革命"的狂飙将水里的鱼撂在干滩上时,连柳青这条最优秀的"鱼"也没辙了。

很快柳青就抱病回了皇甫村。他很坚决,一定要乡亲们用架子车把自己拉回村里去。

长安之安

柳青的目光，一位前辈作家的目光，一位充满着生命之痛、时代之痛、艺术之痛的哲人的目光，永远在用那种咬透铁锨的劲儿注视着我们，注视着今天的、今后的整个民族的文坛。

2005 年 4 月 6 日，星期三，西安不散居

悼念胡采老

采老这次重病住院，我和万城赶去看望，他已经不认识人，也不能说话，只是在呼吸机的帮助下，以很大的劲儿，发出很大的响动，困难地吸气、吐气、吸气、吐气……像长跑运动员在跑着人生最后一段路。面对这位熟悉的、景仰的、几十年来以师相事的长者，悲哀从丹田里弥漫出来。

回来便从书架上找出他送我的两本书——《从生活到艺术》和《新时期文艺论集》，久久看着他的签字。那是许多人熟悉的从容的钢笔字，一如老人的步态和语态，有一种"明月松间照，清泉石上流"的意韵。进入九十岁之后，采老开始有了老年痴呆症的迹象，他开始忘却。忘却一点一点地在他睿智的脑海中浸漫开来，由近及远，他不记得了自己经历过的事情；由远及近，他不认识了自己熟悉的人，最后不记得自己住的地方、楼层，甚至走丢过几回，儿女只好给他胸前别了个布条，上面写着家庭地址。

他正在一点一点地忘却这个世界，而这个世界却没有忘却他，又怎能忘却他！

三天后采老仙逝。几乎是水到渠成，我当即用六尺宣纸写下挽联：

看透人间事八十过后难得糊涂反获澄明

走尽世上路九十初度幸亏忘却终有永恒

送至灵堂，一躬到地。

许多人只知采老的卓著声名和斐然成就，却少知他人生的坎坷和心灵的痛苦。更有气盛者，由于不赞同老一代人的某些文学观点，而对采老发语凌厉。他们未必能够理解那一代人内心世界的冲突和那一代人用肩膀扛住铁闸门以给青年和文学尽可能争取一点空气和阳光的用心和做法。其实采老以自己的一生、从自己的角度，凝聚了几乎一个世纪中国知识分子承受的精神负累和文化局限。这些，此刻都不说也罢。有了这个背景，再回头来看他的人生成就，我们的感觉就可能更深刻些，也更不一样些。其间真是酸甜苦辣诸味俱全啊。而有时候，历史也的确是需要那么一点糊涂和忘却的。

采老是一个有底线的文学评论家，这个底线就是"从生活到艺术"，就是唯物论反映论的现实主义文学观。他为人识文一向宽厚，有长者风，但从不越出这个底线谈问题。这也许对我们有启示。这启示不是说大家都只能信奉现实主义，而是说做人也罢衡文也罢，都要有自己的底线，不能像市场上的叫卖者一日几价。人生实在太短暂，也太漫长，一个人的底线不可能几十年毫无变化，变是可以的，甚至是必然的，但那得是内心真诚的变化，不能是今天牛市、明天熊市。我想这是采老以自己的文学行为告诉我们的。

采老是一位切切实实评论作家作品的评论家，一位切切实实劳作耕耘于西部文坛的评论家。不是光开座谈会一说一散一捧一砸的"家"，不是光论道谈玄不屑于分析作家作品的"家"，也不是骂倒一切唯吾独尊的"家"。他写得也许还不是最多，但每篇都结结实实。我记得每评论一个作家一部作品，他都要反复阅读、反复琢磨，做细致周密的思考论证，有了初步想法先谈出来，先听听各方面的反映，然后再下笔。而为了写好一篇文章，常常不得不躲起来，躲个十天半月，才拿出来。这使得多年之后，我们还能从他的评论中感知到当时陕西文坛那些作家们鲜活的艺术面貌和精神脉搏。采老的理论著作，也是在大量研究创作实践基础上总结出来的，而不是从概念出发的纯理论体系建构和阐释。《从生活到艺术》就是对当时陕西作家群几位主将创作的精准的理论提升，是实践理性的展示。我想这也是采老告诉我们：应该怎样当文艺评论家，当怎样的文艺评论家。

胡采老人终于忘记了这个世界，而我们，是怎么也不会忘记他的。

2003 年 9 月 23 日，秋分之夜

陈忠实，我们时代的一个文化 Logo

得到老友陈忠实仙逝的消息时，我正在澳大利亚访问，当即用微信给文学圈的朋友传去了我的哀伤：

> 痛哭忠实！噩耗传到南太平洋，恳请高天远云、蓝海白浪，送去我这位痴长两岁的老人的悲恸！他的作品写出了民族心灵的秘史，他的人生胜任了历史变幻的书记；他用自己的作品提炼出这块土地骨子里的精魂，他以自己的人格凝聚着这方乡亲骨子里的性情！

回国后，我取消了在京滞留办事的安排，直接转机回西安，又从机场直接赶到陕西作协陈忠实追思灵堂。面对他笑得意气风发的遗像，我一躬到地：忠实啊忠实，我来晚了！

其实三天前已有预象，而我浑然不觉。在悉尼收到陈忠实研究专家冯希哲教授的短信，说他执笔的《陈忠实对话录》书稿已杀青，盼能抢时间尽早面世，让老陈看到。"因老陈病情恶化，已开始吐血，不能进食，体重只剩下四十公斤……"陕

长安之安

西文联即将推出"老文艺家丛书",蒙不弃让我应了个名任主编,这本《陈忠实对话录》是丛书的重中之重。我当即给省文联领导转达此讯信,书稿立即发往印厂……但已经来不及了。

我的遗憾不只是因了一本书,因了一个挚友,更是因了一个真正的人,一个要用黑体字标识的人。

无论从哪方面来说,忠实都是一个标志,我们时代一个文学的、文化的 Logo。以《白鹿原》为代表的他的作品,是中国当代文学的 Logo;他的人格精神,是北方汉子的 Logo;他的形象神态,是古城长安的 Logo。

一位作家不但以自己的作品,而且以自己和作品里传达的人格精神,成为一个民族、一块土地的文化标志,并不多见。更少见的是,还能以自己的个人形象和生活习俗,成为民众的谈资,融入城乡生活风情之中。在陕西,陈忠实、路遥、贾平凹都是这样的人、这样的作家。忠实有一张广为流传的照片,就是手拿巴山雪茄烟、侧身、回眸、思考着的那张。严峻的眼神透过淡淡散开的烟雾,像是在叩问这个世界;而满脸纵横的褶皱,正像是哺育我们的黄土地上的沟壑。在陕西,忠实这张脸家喻户晓，堪称三秦文人和血性汉子的 Logo。人们甚至给他编了"陈年陈酿陈忠实"类的广告词和相关的段子，从非此烟不抽、非此地此牌子的烟不抽，到"长安第一喝"的美誉，让多少三秦儿女引以为豪。

《白鹿原》的成就，已经众所公认、史所公认。一部作品能够被文学舆论和社会舆论一致认可而少有争议，已经说明了一切。《白鹿原》撷取中国历史文化由传统艰难转型于现代的一段历史，撷取中国社会各方面基因最为富集的村社文化和家族文化细胞，从精神地层的深处采矿，冶炼出骨子里的中华文化人格，又如此深刻地写出了中国古典村社文明如何在社会运动和人性奔突的双重冲决下，无可奈何花落去。记得我曾经说，书里写了那么多"最后"人物、"最后"现象："最后"一位好族长白嘉轩，"最后"一位好长工鹿三，"最后"一位好先生朱先生……所有这些"最后"，都有着夕阳的光彩，是那么美善，饱含着作者的依依惜别之情。小说也写了那么多"最先"："最先"的叛逆者白灵，"最先"以人性冲决礼教的殉道者田小娥……而所有这些"最先"，更有着朝霞般的绚丽。历史和道德、秩序和人性、行为和感情的一切复杂性、深刻性，都在其中了。何等的大手笔、大格局、大思考！由此，小说《白鹿原》成了中国近现代历史与文学的Logo。

忠实这个人，胸怀若关中平原，是那种一览无余的阳春烟景、大块文章，而人格和性情中却有着关中汉子"生冷蹭倔"的劲儿，只是被文化化育为刚强、执着、厚道和率真，晚年更平添了几分慈爱。对自己的见解，他执守到几近执拗，这我是领教过的。某次电视台邀他、我和建筑大师张锦秋院士做一期谈长安文化的人文节目。一开始主持人就提出：有人认为西安的城墙象征着封闭，局限了秦人的创造开放精神……话未说完，忠实立即激越反驳，认为西安自古以来就是开放的，说你们怎么总拿城墙说事？我说，作为一种比喻，这未尝不可，西安地处内陆，开放创新精神的确需要加强。两人于是唇枪舌剑，双方都动了肝火。节目完后，饭也不吃，各自扬长而去。到了晚上，又互通电话，调侃笑道"老了，老了，肝火还这么旺"。但他依然声明观点不变，要再写文章展开来谈；我则故意气他，说你这些文章我一篇也不读。

　　还有一次，他赴京领茅盾文学奖回来，省上开了盛大的庆功会。大家争相发言，我发言时除了祝贺之词，神使鬼差地多了一句嘴："当然，像一切优秀作品一样，《白鹿原》也不是完全没有缺陷。"全场愕然，记者们围住问：这"缺陷"指的什么，您能否详说？我生怕引发新闻事件，忙连连声明今天过喜事呢，以后说吧，便落荒而走。

　　说者无意，听者有心，过了一个多月，忠实约我在一家小茶馆长谈。他说自己知道我不会是无心说那句话的，想认真请教"老师"（他有时称评论家们为"老师"）谈谈《白鹿原》的缺陷。这也太隆重了。我只好直说了个人的一点感觉：长篇的总体构思切入了民族文化主体与文化接受心理的深处，固然是大优点，但也不是不可以更多地从整个人类的生命认知和审美方位上，更开阔地思索展开笔下的人物与故事。黑娃与田小娥形象消极的道德内涵写得挺充分，文化与人性的积极内涵是否可以更细腻丰腴，更复杂又更极致？对社会政治风云的描绘是否纠缠得过于繁复？……这一晚，我们聊得很久，很真诚。真诚营养了友谊的纯度。分别时他紧紧握着我的手，摇着，要我抽空把这些想法写出来。记得也恰好就是这一年的除夕之夜，

"春晚"结束后很久，我早已入睡了，收到了他的电话。互相拜年后，又谈到一些文学与文学界的话题，而不知东方之既白。

对于有差异的声音，如此加倍加倍地看重，是一种大格局，也是一种对自己创作的大关爱。在忠实的心里，文学实在是"依然神圣"。

几十年过去，神圣的文学，终于成就了一个神圣的陈忠实。

2016 年 4 月 30 日，西安不散居

遥远的路

一

这天上午，我们几个搞评论的去西影看黄建新导演的新片《站直啰，别趴下》，闲聊起路遥的病况。王愚说：近来稍微好一点了，有人去看他，可以下床聊几句了。李星打断了王愚的话，说：不不，又不好了——我这是最新的消息，昨天又痛得厉害，吃不下饭，加上换了医生，心情不好，提出要转院，让机关的同志劝住了。大家听了，感叹了一番，也并不很在意。路遥的年轻，给了大家他一定会好起来的信心。

其实头一天晚上，路遥肝区又发剧痛，痛得在床上打滚。为了不从床上掉下来，弟弟把他挪到地上睡。夜半时分，四军大医院开始抢救。路遥请人给一位陕北的老友去电话，打不通，他几度昏迷，嘴里呓语着：爸爸妈妈最好，爸爸妈妈最亲……到凌晨六点陕西作协的同志赶到，路遥已经人事不省。现在依然情况不明。

路遥是陕西我们这一群中年文友中举足轻重的一个。夏天他带着肝痛装修了房子，然后去延安为自己的文集跑征订。在路上他疼痛加剧，到延安就进了医院，查出严重的肝硬化、肝腹水。他还想留在陕北，为文集多跑些销量。他对人说："有些该做的事，要赶快做……"很有点"语焉不详"的味道。后被组织上强行催回西安。这些日子，陕西的文人们几乎一见面就互相打问他的病情，又几乎一致相信：像头熊那样结实而年轻的他，不久就会又重新活跃在我们中间……

看完电影，大家坐下讨论。陕师大畅广元教授因下午有课，先说，说完先走。一分钟后他又突然拐回来，后面跟着刚刚赶到的省委宣传部文艺处处长孙豹隐。在大家的愕然相顾中，孙豹隐说：我说一件别的事。路遥，路遥，走了！是早晨八点三十分的事！

我似乎看到水银柱上血压直往上升！四十三岁的他，这怎么可能，又是怎么回事？

这一天是 1992 年 11 月 17 日。

那一刻，我想起一段话。那是六个月前我为《作家心理探索》一书写的长文《路遥的意识世界》中的一段话：

> 路遥几乎是决绝地承担起自己对于人生的责任，为了目标而断后路，弃舍一切，直到献身。这是人生的一种辉煌，一种悲壮，一种悲怆。或许——也是一种悲哀？

写这段话，在赞赏中本有提醒他的意思，不幸竟被我言中。多么不想是这样，多么不应该是这样！

但路遥的的确确倒下了，倒在了人生的中途。这位绝对应该是跨世纪的作家，竟然没有跨越这个世纪所剩不多的岁月。

二

路遥的灵堂设在陕西作协后院的一间平房里。这原是一间办公室。这个劳作不息的人，在工作间里灵魂也许能更好地安息。放大的遗像，和他所有的照片一样，都有一双思考的眼睛从镜片后面注视着你。而且这思考之光照亮了他像根系一样的每一道皱纹、每一绺头发。他乍看平凡，接触深了，就会走进一个世界，那是精神的境界。灵堂门前，一株玉兰，一丛腊梅，在冬日的寒冷中卸了妆，只剩下瘦骨嶙峋的枝干。树下曾经有过一个破藤椅。有好几年，路遥爱坐在这椅子上沉思。

长安之安

　　祭奠路遥的花圈从后院一路摆到前院，夹成一条曲曲弯弯的花径。

　　文艺界和文友们的花圈不消说了。引起我注意的是两类花圈：一类是他的家乡陕北延安和榆林两个地区的花圈，起码有上百个，整个那块土地在为自己优秀的儿子送行；一类是社会各界人士，从省委书记、省长到企业家，到素未谋面的莘莘学子，他们大都以个人名义来吊唁，其中有驰名全国的"505"神功袋的发明者来辉武，有远在海外像谜一样消失了好几年的电影艺术家吴天明。他们在为自己早夭的挚友哭泣。路遥和生他养他的土地至死没有剪断脐带，和密如蛛网的当代社会经纬交织为一体。

　　去三兆公墓向路遥告别的人有五六百之多，公墓那个最大的追悼会场容不下了。人们在零下的气温中露天默哀，感情和空气冻结在一起。

　　　　洞察人生曲折路
　　　　历尽沧桑万里遥

——这是中年画家肖焕的哀叹。

风凄凄兮云飞

雪霜飘兮天垂

玉树折兮山摧

故人一去兮不回

——这是中年诗人雷抒雁的恸哭。

作家陈忠实的告别词通篇是无声无泪的抽泣。他说，路遥是陕西作家群的一员主将，路遥的猝然离队将使这个整齐的队列出现一个大位置的空缺，也使这个生机勃勃的群体呈现寂寞。他说，诸多痛楚因素中最难以承受的是物伤其类的本能的悲哀。他说，以路遥的名义，陕西作协寄希望于这个群体的每一个年轻或年长的弟兄，努力创造，为中国文学繁荣而奋争；只是在奋争的同时，千万不可太马虎了自己，这肯定也是路遥的遗训。

逝去的路遥，启示我们珍惜生命。

当西北大学中文系的学生们高悬起那幅签满了名字的长长的白布，稍稍给陕西文学界那颗瑟索的心种下了一丝春的温馨。

二

二十年前，路遥与难中的我相逢。二十年后，我于病中的他话别。

1972年我被下放到秦岭深处的汉中，当时还在延安大学就读的路遥，作为《陕西文艺》的实习生，翻过崇山峻岭来组稿。在三天时间里他看了我的一部长篇初稿《居娣》，要我选摘几章给杂志，说这几年没有人写长篇，杂志刚办，挺需要。我说我是下放干部，匆忙发表大作品适宜吗？小说又写得很差，写作只是多年苍白乏味生活中的一种自娱，从来没有想到要发表出版。他为此说了很多仗义的话，很是激愤。我当时想，他到底还年轻，又写诗，才有这样可爱的纯真。后来才知道，二十刚出头的路遥已经见过大的风雨，为我说的许多话其实是他自己在坎坷中的人生体悟。便生出几分敬重。

1981年，我们这些被下放农村的"臭老九"都调回了原单位，我回到报社当文艺编辑已经两三年。路遥也被正式分配到陕西作协《延河》编辑部，且已担任小说组组长。这一年夏天，我们同去太白山开一个小说创作座谈会。那时胡采、柳青、杜鹏程、王汶石、李若冰……一大批老作家刚被"解放"出来，陈忠实、贾平凹、邹志安、莫伸、京夫……一批青年作家刚开始有了一点社会影响。空山新雨后，大家都显得年轻。记得每天开完研讨会，邹志安等几个人晚上便躲到空寂的会议室里写未完稿的小说，直至深夜。会开得很活跃。作为小说编辑，路遥不但对陕西的小说创作谈了很中肯切实的意见（这些意见使我误劝过他搞评论），而且颇有些狂放地给大家唱起陕北民歌《赶牲灵》。唱完，又一句一句地解释那意境，将这首民歌演化为一个令人感慨的人生故事，言语之间流露出他对家乡不可救药的爱恋。一年之后，他的《人生》面世，而且轰动。这首民歌果然被嵌入德顺爷爷的命运中。我才知道，一年多来，他一直生活在《人生》那活跃的创作世界里。这是后话。在这次与会期间，我和他卷起裤腿站在溪水中、坐在水中的巨石上，照了好几张照片，使这一段难忘的日子得以凝留。

1985 年，我陪同丁玲、陈明夫妇由西安去陕北。延安地委在延安宾馆设宴招待。丁玲听说路遥正躲在延安写长篇，一定要见见他。但谁也找不到他。他已来半年，住处一直保密，隐名埋姓，当众孤独，写他的小说。后来托人从他弟弟那里知道了接头地点和"密电码"，路遥才蓬头垢面不很情愿地出现在宴会上。丁玲要他坐在自己旁边，常置各级领导于不顾，和他"密谈"文学，赞赏有加。生活在创作境界中的人是不善应酬的，路遥只是不停地以"是这样""是这样"来酬对，几乎不动筷子。饭后丁玲叹道，这么切实的一个青年，真是个认真搞写作的人。不料晚十一时过后，路遥突然闯进我的房间，坐在我床头说："你跑了一天，很累。但不管怎么累，你要认真听完我今晚这个长故事，感觉一下，判断一下。一定帮老弟这个忙。"他脸上，是所有进入创作境界之后的人那种痴迷、亢奋、热切、无我无他无现实的神经质样子。这个春夜，他的话多而且长，一直讲到下两点。他讲一群从黄土地深处走出来的青年，青春的悲欢、步履的艰难，直到把他们由农村中学生讲成了煤矿工人，讲成了航天专家。他脸上游动着各种各样极富表现力的光影和色彩。

　　——这就是《平凡的世界》。那时第一部临近完成，种子在春气中萌动，腹胎中的新生命让他五内不能安宁，整个精神处在临产前的骚动中。

友朋长安

1988年仲夏，我为写长篇报告文学《黑色浮沉》去神府煤田采访，落脚在榆林宾馆。路遥也正在那里，他刚刚完成《平凡的世界》第二部。他显得很轻松，带着一种自嘲的笑，却又挺真诚地说自己实在太缺乏才能，只有牛力气。写完第二部最后一个字，他撒开胳膊躺在地毯上，头像有几百根针在扎，痛得焰火飞溅。他哭了，哭自己的无能。我说，那我们这些"灵肉劳动者"今天舒服一下，埋在宾馆的沙发中合一次影如何？于是拍照。但在快门按下的瞬间，我俩都神差鬼使地从沙发中弹起身子，似乎又要向对方说一段什么具有触发力的话……

然后就是1992年夏末，路遥住进了医院。第一次，我和作家赵熙去看他，住院部不让进。我俩佯称要进去找医院领导交涉，硬闯进了大楼。自然并不去找什么领导，而是直奔105病室。路遥气色不好，满脸灰黑。握了握手，他又解释：医生说我这病主要是内部的问题，不传染。他太敏感，太为别人着想。我们安慰他好生将养，我同时告诉他：前几个月写了一篇关于他的文章，是剖析他的意识世界的。写时匆忙，后来又因为他病，没有很好地作倾心之谈，以后有机会再丰富、充实吧。正说着，

长安之安

护士小姐已经追踪而至，我们乱了方寸，只好告辞，落荒而走。半个月后，我带着复印好的文章，又单独去看他。这次路遥精神稍好。我简单介绍了文章的几大部分，关于他的人生意识、历史伦理意识、哲学意识、文化意识和审美意识，简述了几个主要的观点。他说，他一直很想请人从文化哲学的高度谈一下他的创作，又不便启齿。事实上，光从创作的角度是不能对作家做全面深刻的把握的，谢谢了。我表示，这文章除了放在《作家内心探索》一书中，还有几家刊物和学报想发，问他看给谁家好。沉吟片刻，他用一种近乎神圣的口气说："先放《延安文学》吧——也算是给家乡的父老乡亲一个交代。我一向很看重这个刊物。"他用恳求的、又是不容改变的目光看着我说，"你给谷溪（该刊执行副主编）他们吧，怎样？"我一口同意。

二十多年来，路遥和我的交往中，印象较深的，就是这些，几乎全离不开文学创作这个话题。这是怎么了？真是病入膏肓，无可救药了。

只有一次，好像是 1990 年的某个炎夏之夜，我去陕西作协院子里有点儿事，一进后门，就从乘凉的人中发现了路遥。他悠然地摊在一把破藤椅上，听别人聊天。我笑问：你也有这闲工夫？他说，他一直犯困，坐在这里听着听着就睡着了。总是困，想睡。坐着就睡。他无可奈何地说重复话，疲倦中显出一点过早出现的老态。这个硬汉子第一次表现出精神上的某种脆弱……

这又是为什么呢？还不是为了那劳什子创作！这可爱可敬可憎可恶永远不能甩脱也不想甩脱的文学，这要命的文学！

四

路遥短暂的一生是沉甸甸的。命运迫使这位通过拼搏甚至厮杀，由农村走向城市、由生活的人走向精神的人的作家，比常人更早地进入了深度人生。这常常使他感受到远比常人强烈的生命痛苦。可不，智慧即痛苦啊！

我感到，纠缠在路遥心中的大痛苦，主要是两点：

第一，历史发展铁的规律和个人文化心理、伦理感情之间的冲突，痛苦着他。历史的进步最终要改变广大农村落后的生产方式和生活方式，摈弃落后的生活观念和陈规陋习，这是人类的目标，也是路遥为之奋斗的目标。但因此他将付出巨大的代价，不得不抛弃家乡和童年给予他心理上、情感上的许许多多温馨的东西，迫使他作文化断乳。他说，"这就是我们永恒的痛苦所在"。

第二，是精神劳动所需要的漫长的孤独和他强烈的参与意识之间的冲突所造成的痛苦。职业人路遥（作家）强烈地渴求孤独，以在孤独中张扬主体，展开形象思维和理性思考；社会人路遥则更其强烈地渴求参与，渴求投入社会的群体实践活动，享受常人所需求的种种生活乐趣。一个路遥要求在艺术的模拟中最大限度地完成精神的自我，一个路遥则要求在社会实践中最大限度地完成现实的自我。呼唤孤独和怯惧孤独，是以文学创作为终身职业的人内心永恒的矛盾。路遥一次次压抑着自己参与社会实践的心理需求，痛苦地走进漫无止境的创作孤独中去；又一次次痛苦地逃离现实世界活生生的人群，去和他心中那些虚构的男女幽会，在独处中乐而忘返。

这两种痛苦都具有悲剧永恒的崇高感，虽然在其深处可以看到历史和人格胜利的笑靥。

从另一个视角上看，这两种痛苦是恋土情结、恋美情绪和恋史情结冲突的结果。这三者之间，最后又是统一的。路遥以及他的乡亲父老只有经受文化断乳的痛苦，才能踏上历史的康庄大道，进入生活的新境界。这是对黄土地最深沉的爱恋，恋土与恋史由是而统一。职业固然使路遥的价值在历史实践活动中得不到实现，但通过审美创造，催化了这种历史创造，在精神上参与了这种历史创造，美的实现也就转化为史的实现。恋美与恋史又由是而统一。

路遥是痛苦的，又是幸福的。为人生的大幸福承受痛苦，造就了一个短暂而超重的生命、一个浓缩的生命。

1992 年 12 月 27 日，西安岚楼

长安之安

缘分

陕西人民教育出版社成立三十年了，回想起来挺有趣，我与它的缘分竟比三十年还要长那么一点点。

记得那是 1985 年春节前，我的老友、青海省广电厅厅长王贵如由西宁回富平老家，在西安相聚，他请来了赵喜民先生，即不久之后创建陕西人民教育出版社的第一任老社长。赵老原在青海海西自治州当过领导，是贵如的前任和好友。

那天席间一个主要议题，就是谈陕教社的筹建。其时赵喜民先生五十多岁，刚由商洛副专员调省出版局（那时还没有省出版集团，省出版局政、社、企还都合一着），本来被定在省局当副局长，但赵老是个思想开放、行动果决的干才，他不愿坐办公室，很想乘改革之风，干点开创性的事情，便提出将陕西人民出版社的教材编辑室拉出来，单独成立陕西人民教育出版社。他表示自己十分乐意领头去闯一下，干一番事情。

在当时的社会背景下，这样安排要破一些规矩，也会引发一些问题：一是赵老是厅级干部，怎么好安排到处级部门任职？二是教育板块从人民社分出去，别的编辑室会不会争相仿效，引发群体效应？三是分出去，如果还是像原来那样由国家供养吃大锅饭，"把猫叫个咪"，意义又何在？四是若要分，办公楼、地皮这些硬件如何解决？

赵老是地道的西安人，他的老家就在西安南郊，年青时又在昆仑山下、青海湖边磨砺半生，很有一股西部汉子的硬气。他回答得掷地有声：宁愿高职低配到处级单位；宁愿不吃大锅饭，自负盈亏；地皮、楼房，在组织支持下，自己努力解决。后来果真就在他的老家西安长延堡、三爻村扎下了营盘。喜民先生和陕教社可以说是陕西出版界改革的先声、走向市场的先锋，它带动了后来各个专业出版社的成立和市场化，也为省新华出版集团的组建探了路，打了前站，奠了基。

我处世素来比较弱势，见喜民如此铁骨铮铮，不几年竟把个陕教社弄得风生水起，觉得他真是敢闯敢干、老当益壮呀，不由得喜欢上了这条汉子——这可是能够给自己充电给力的人，便常常暗自去他那里吸氧补钙！以后就常来常往了，为出书、也为闲聊，到办公室，也到他西木头市家里。回想起来，我在前二三十年，出书最多的社就是陕教社，总共有五六本吧。在出版界认识人最多的也是陕教社，仔细数下来竟超过了二十位。这恐怕都与最早和喜民先生的那点缘分有关。

我的第一本书——精短评论集《撩开人生的帷幕》，就是在陕教社出的，责任编辑是老总编陈绪万。绪万乃一介书生，学中文的，当然有点偏爱文学。他约我和作家李天芳聊，说想展示一下"文革"后刚冒头的几位作家、评论家，要我们尽快交书稿。不几个月，新书就摆上了我的案头。一个命运多舛、被"文化大革命"耽误了十多年、直到四十多岁才看到自己出版的第一本书的人，当时的激动和感慨可以想见。我背着家人和朋友，独自跑到解放路的川菜馆聚丰园，点了几个家乡菜，自斟自饮，暗自庆贺了一下。

那以后过了快三十年，我七十多岁了，黄平利社长又亲自约我参与由陕西省委主持编纂的"陕西精神"丛书，并让我主编第一册《爱国·守信》。这套书后来获得了陕西图书奖，时任省委书记赵乐际同志还专门写了序。平利社长来找我，其中当然有着对我多年的了解和信任，我则更愿意相信这是自己与陕教社的缘分所致，是几十年缘分的一次延续和圆满。

特别要写几笔的是王志章。他早已是资深编辑，却永远是我年轻的朋友。他从西北大学中文系毕业那年，我曾去他们班挑了两位同学到陕西省文联工作，同学拉同学，分到陕教社的他，从此也便成了我的忘年之友。我在他手里竟然出过三本书，《美》（与杨云峰合著）、《独步岚楼》《中国当代文坛百人》，加起来半拃厚、七十来万字呢。我看着志章由单身到成家，到有孩子，到心爱的女儿长大成人又结婚生子，心里也是满满的喜悦。遗憾的是因出差错过了他孩子的婚礼，这使我不安了好长时间。

我惦念李高信，很久不见面，常打听着他。他的自学成才，他的学有专攻，他那些角度和资料都很独到的文字，他在寂寞和边缘化中精进的身影，我在暗地里一直是引以为师的。

我惦念傅美琳。在她手里，我出了《民族文化结构论》，自感这本书有较高学术档次，可以拿得出去。记得那次为出这套"学子书斋"文化丛书，我给她介绍了大学老同学、中国社科院的杨匡汉先生，经匡汉又串起北京的一批专家队伍。唉，现在我们都老了，大家好好保重才是啊！

长安之安

　　田和平、高华、吴华、耿齐昌、秦风……一个个熟悉的面庞，从我脑际一一闪过去。他们无一不将自己半辈子的辛劳融进出版事业当中，却自甘默默无闻，终生俯首案头。我感谢这个人数众多的朋友圈、这个有温馨有热度的群！这个群还在更新、扩大，随着更多年轻朋友的进来，正变得更有生气。即便我越来越老了，也乐意偎着这个火炉取暖。

　　　　　　　　　　　　　　　　2015 年 3 月 9 日夜，西安不散居

王老九：不褪色的记忆

20世纪五六十年代，农民诗人王老九可谓大名鼎鼎。他的那首《想念毛主席》被编进中学课本，文学史也作了介绍。老汉临潼相桥人，1894年诞生，20世纪二三十年代就开始写快板诗，揭露地主恶霸的罪行，也劝人不要吸毒、赌博，在民间广为流传。新中国成立后，他的诗有了发表的机会，文联、报社还派专人帮他整理、出版。老汉故世至今已二十二年，其家乡的"王老九诗社"仍旧活跃在乡村诗坛上。

1962年4月，《陕西日报》的《秦岭》副刊从临潼的榴花丛下请来了王老九老汉，请他为《讲话》发表二十周年写首诗，谈点感想。

王老九来西安住在东大街老陕报红楼下的招待所，第二天便拿出初稿来办公室给编辑念。毛锜、吕震岳和我帮他出主意修改。摄影机留下了这个瞬间。

当时震岳先生已是培养了很多作者的老编辑，毛锜是获过奖的青年诗人，他们都给老汉提出了很中肯的意见。最后的"体力活"——帮老汉抄抄改改的任务，落在"小青年"我身上。

王老九像握毛笔那样斜握着钢笔，写一个字要占稿纸的两三行。他坐不惯报社高靠背的大藤椅，换个凳子一条腿跨上。王老九在办公室写不成诗。他得念念有词，吟着写着。我搬了两把凳子放在楼前篮球场北沿、靠腊味品商店的那面南墙下。他却不坐，靠墙蹲下，迎着阳光解开棉袄扣子。我这个南方人没有老陕的蹲功，又不便在长者面前独坐，便用洋学生的蹲姿，一条腿支着身子，一条腿曲成直角当桌子，整整一上午，轮换着酸疼的腿，改诗，聊天。

老汉谈到在 1953 年全国第二次文代会上，西北作协主席柯仲平拉着他的手走上主席台,向全国文艺界介绍这位老农诗人，并赠诗曰："好个诗人王老九，劳动作诗一把手。"也谈到许多帮助过他的编辑：高平、黄桂花、杨田农、杨子青……

不能说王老九的那首诗水平就一定有多高，就像现在老报社的篮球场上已经拔地而起的十三层大厦，使背后的旧办公楼显得灰暗而矮小。但当时那种气氛——文化人诚挚地向老百姓学习、为老百姓服务的气氛，切实地去建设人民文艺的气氛，伴和着暮春的阳光，留在了我的心间。差一年就三十年了，总是不肯褪色。

照片留下了那个年代的温馨，也留下许多酿造温馨的人。

1991 年 5 月 7 日，西安

我看到了一个方队

我的人生履历够简单：工作四十年，二十年在《陕西日报》，二十年在陕西文联。两段人生看起来泾渭分明，内里却汇流融通为一条漫泛的河。在报社当文艺记者，我编的是文艺副刊，自己也写些作品和评论，勉可算文艺界的一名候补队员；到了文联，因为和传媒熟悉，又一直没断过和传媒打交道，也勉可算传媒界的退役队员。一来二去，好像天生就是文艺界和新闻界两界跨界人似的。除了从业的《陕西日报》，对三秦地界上最老的《西安晚报》，我尤有手足之情。

话是这么说，人总是离开了，而之所以做出调离报界这个人生转折的决定，恐怕谁也没有想到，竟然和《西安晚报》有点关系。确切地说，和《西安晚报》文艺副刊部的老人手张静波老兄、唐荣大姐多少有点关系。事情过去了二十年，其间的因由就连他们本人至今也并不知晓。

那是 1982 年春夏之交，十年浩劫之后电影"百花奖"第一次恢复评选，颁奖大会定在了西安举行。各方人士好几百，都住在丈八沟陕西宾馆。这是十一届三中全会之后，标志着"文艺春天来到了"的一项全国性文艺活动。省、市新闻界也派出了重头报道组，我和《西安晚报》文艺部的张静波、唐荣皆居其中。静波老兄是我近四十年的老朋友。20 世纪 60 年代，每逢戏剧界有创作讨论会，我和他，还有戏剧、新闻界的朋友们，便骑着自行车，飞行于大街小巷，赶到东木头市陕西省剧协，认认真真发言，较死理儿争论，不厌其烦地为本子和演出的修改提意见，直至将自己秘不示人的生活积累和人生感悟奉献出来，去营养别人的作品。

那时是没有工作餐一说的，会一完即打道回府。只有赶不上机关的饭了，才自愿结合，三五成群，就近打个牙祭，吃马坊门老樊家腊汁肉夹馍，吃端履门陈子俊的油泼面，吃钟楼老童家腊羊肉就馍，有时还跑到广济街口吃一家无名小店的笼笼肉和荷叶饼。老孙家羊肉泡和春发生葫芦头当时还凭票供应，轻易享用不上。吃完争着付钱。不论谁请客，粮票却是 AA 制（20世纪 60 年代你手里可能有三块五块多余的钱，却不太会有一斤两斤多余的粮票）。在饥饿刚刚过去的年代，这已经很够奢侈了。

打完牙祭，品着嘴里腻腻的油香，那已不纯是一种味觉，它唤醒当时总是沉睡着的生命感，确证自己活着，活得小有愉快。这种感觉作为蹉跎岁月一种独有的况味，融入记忆之中，一直保存到今天。

我在"文化大革命"中被下放汉中，又辗转三原，无着无落苦熬十多年后，与静波老兄重逢，加之唐荣大姐热情坦荡、一见如故，我们三个人攒着劲要把这次"百花奖"报道好。但兜头就被泼了一瓢凉水：由于住宿紧张，只给省级新闻单位留了一个房间，"供大家歇脚用"；而市上的各新闻单位，"恕不提供住房"。那时报社各部门采访没有机动车辆，丈八沟离城小二十里路，倒有一路公交车，南门始发南山门终点，丈八沟陕西宾馆前不着村后不着店的，下来还得走好远一段路。记得这一段日子，我们坐了公交车再走路，也骑过自行车，往返于丈八沟与城里。每当参与"百花奖"颁奖的明星们坐着靓车掀起尘土从身边呼啸而过，我们心里便像打翻了五味瓶。

这且不说，还有更难堪的事在后面。当时各报各台的记者，都是经历"文化大革命"下放重返新闻岗位的，大的五十多岁，小的也四十好几了。而"百花奖"的获奖者，则大多二十来岁。他们戴的是红牌，我们戴的是蓝牌。每到一地，活动开始之前，工作人员便大喊：戴蓝牌的坐在后面的折叠椅上，贵宾坐第一排沙发。座位不够时，则喊：戴蓝牌的站着，将位子让给贵宾。于是，一次次出现了年轻人架着二郎腿闲聊，而"老头老太太"们站在后面"提茶倒水"的怪现象。要放在现在，这已经司空见惯，明星们的谱早都摆得离了谱，明星对"老记"也越来越烦，吹胡子瞪眼拍桌子发脾气，口出不逊之言，都习以为常了，但二十年前不一样。那时"革命的文艺工作者"和"革命的新闻工作者"是平等的同志，是一条战壕里的战友，没有高低贵贱之分。如果社会上有什么高低贵贱，高贵的也是工农兵——那些养活我们的劳动人民，远远轮不上这些"小鲜肉""小美女"来"耍派"。我们心里窝着火，想不到"文化大革命"的歧视刚过去，又遭遇了新的失落。

　　那天静波、唐荣好不容易约上了采访当年那届"百花奖"最佳女演员得主李秀明（电影《许茂和他的女儿》中饰四姑娘）。本来马上就可以访谈，李秀明却说自己有点累，要休息，让改在下午谈。午饭后，她的住室外便设了岗，对一切人挡驾，宣布"再大的事下午四点以后再说"。可怜静波、唐荣两位五十多岁的"老记"，回城里再来，没有车，待在丈八沟，又没有房间，硬是在草地上"日光浴"了几个钟头。那种心急火燎，那种百无聊赖，我看在眼里、气在心里。我冲动地说：走，不采访她又能咋？他俩却说：李秀明是第一号新闻人物，不采访即失职。便又等下去。我说：记者这碗饭是吃不成了，自尊心太受伤害；改行，非改行不可。他们反劝我：记者的脸算什么？为了第一手报道，少不了磨破嘴皮、碰破头皮、撕破脸皮，咱们既是这"三皮"干部的命，干脆把"三皮"磨出茧子，不就没有屈辱的感觉了吗？

一席话说得我很是自惭。但调离报社，去一个能够专注地写点东西的单位的心思，从此萌生。后来，终至正式向报社提出调到省文联。

我调离报社之后，静波和唐荣还在第一线干了好几年。在省城各类文化活动的现场，他们恐怕是年纪最大的了。他们推着破车子，拿着旧本子，不辞辛劳地活跃在文化界。他们都有很高的文艺素养，静波的戏剧评论文章更是三秦驰名，却把自己的写作放在一边，无怨无悔为人作嫁。20世纪90年代初，有天下班回家，我看见静波骑自行车从东木头市出来。他已是满头银发，老腿沉沉地蹬着破车子，小心翼翼地躲着各种时尚人开的时尚车。我远远地看着他，不由感慨系之。我想着这不是静波一个人，这是《西安晚报》文化记者的一个方队，在他前面有靳江寒、陈小波，和他并行的有赵洪、李岩、唐荣、商子雍，在他后面，赵发元、杨利英、白重暄、刘小荣、郭应文、庞进、王亚田、高亚平、贾妍、周媛、章学锋、张静、职音……队伍越走越大，越走越长。他们都是有才能的人，又是乐于为读者、为作者奉献的人。他们付出了超乎一般人想象的辛劳，把别人一个一个推上前台，自己的人生只能碎片般洒落在别人的人生记录之上。他们永远处于人生的闹市，自己则甘于寂寞。

骑着破车恍若堂吉诃德的静波，消失在自己终生为之增光添彩的古城人流之中。我心头泛起一种沧桑、一种敬重，为着他所归属的那个行业，为着他所归属的那家媒体。

2002年2月3日，星期天，阴云下的西安不散居

清明在异乡——忆龙吼

　　清明时节，古城墙下的柳条绿了，不知名的野花儿开了。许许多多生命，默默地苏醒，重又在世间灿烂。这时候，我会想起许多离去的亲友。老友龙吼，就这样从天外飘然而至。

　　龙吼离开我们已经一年多了。他和我是江西老乡，三十五年前，我们在陕报社大院中相遇。他在摄影组，我在文艺组，虽不是一个部门，但同属一个团支部，便有了一种天然的亲切。年轻的时候，龙吼是个活跃的人，不但口舌灵便、性格开朗，思想也活跃，常有些"越轨"的想法。这种带着鲜明色彩的性格，使他在当时那个缺乏色彩的时代环境中显得惹人注目。现在回想起来，那也许是生命力、创造力充沛的一种表现吧。"文化大革命"期间，陕报有六十多名同志被下放汉中西乡县。不久，我们七八个人被《汉中日报》选用。龙吼不在此列，他没有被下放，仍是陕报社现职记者。但他是汉中的女婿，断不了来汉中探望老岳父，便常常见面。记得有一次他邀请几位"老陕报"的同志去他岳父家吃黄鳝，自日中直谈至深夜，我对他的身世和内心世界有了更清晰的了解。

龙吼是那种将一生执着地献给一种事业的人。这事业便是摄影。他自小出身寒苦,十七八岁便参军去了朝鲜战场,当志愿军回国后,转业到《陕西日报》,一干就干了三十多年新闻摄影,背着相机跑遍了三秦大地。他拍植棉模范张秋香,拍创造小麦生产新方的先进人物刘述贤,拍搞科研、上大学的先进农民王保京,拍陕北米脂高西沟的梯田和陕南紫阳春茶的采摘……他在陕报搞了许多摄影专版和专题,常常自己配以文字。我至今记得的有《汉江行》《太白山考察记》《三边好地方》等,都是读者喜闻乐见的艺术结晶。他在 1970 年代拍摄的周总理回延安,真挚地表现了总理和老区人民的感情,其中也融汇了他自己心中的爱。那年在陕北,我亲眼看到,为了选择一个好景、好角度,他怎样在连山连畔的梯田上跑来跑去、爬高下低,折腾得全身上下都是尘土。他也让我看过,因多年单肩背照相器材,他的肩膀都是歪的。

龙吼将整整一个时代前进的风貌,纪录在自己拍摄的成千上万张照片里,却没有拍下他自己人生的足迹。他那些印在黄土地上的足迹，早已泯灭于岁月之中。

快到知天命之年的时候，龙吼被调到《陕西画报》、陕西摄影出版社任副总编、副社长。不久，他又担任了省摄影家协会主席。他开始由新闻摄影更多地转向艺术摄影，由摄影创作更多地关注摄影编辑和摄影活动。他参与制定的《陕西画报》选题计划，突出了陕西的文物旅游、民俗民艺，突出了黄土情，使画报形成了自己的风格和特点。他参与组织了"西光杯"摄影艺术赛、中国大西北摄影艺术展和中国第二届摄影艺术节在陕西的活动；还率团去日本、新加坡、马来西亚展览、讲学，为宣传陕西、开展对外文化交流尽了一份力量。同时，他在长期创作实践的基础上，辛勤写作，出版了《摄影基础知识》《摄影原理与表现技巧》等理论著作。龙吼在一个更大的范围内，实现着对摄影艺术的追求。他的生命，也在摄影事业中得到了更全面的实现。

龙吼与摄影之间这种多维的、全方位的结合，构成了他独特的生命景观。一年半前，龙吼患脑瘤住院。我去看他时，他已稍显迟钝。他艰难地捕捉着字句要说什么，最后磕磕绊绊说的是"我干不成了，你们，好好，干"，令人好一阵凄惋和悲凉。

摄影是抓取生活瞬间的艺术，无数个瞬间的叠加，使稍纵即逝的生活永存于历史的底版上。人的生命也是短暂的，人的生命融入了某种永存的事业，也便获得了永生。也许，这也是一年后的今天，许多旧友不能忘记龙吼的原因。

1995 年清明节后的一个晴日，西安谷斋

长／安／之／安

CHANG'AN ZHI AN

时空长安

——

秋色里的诗性沣河

不要在艳阳烈日之下去，最好是在大地敷着素淡的浅褐色的秋日，你来到沣河两岸，莫名就有了一种庄重感。你感到了这块土地的沉厚，它储藏了诗、礼、乐，奠基了中国古典文化的几个元素。老夫略有失聪的耳朵，也隐隐听到了《诗经》典雅的吟咏之声，看见了正在进行的礼乐仪式，内心不由得有了遥远而又遥远的回应，那是隐藏在血缘中的记忆和感动！

沣河两岸的这片土地，集中了《诗经》的许多精华之章。据专家统计：《诗经》的"雅"中，有101篇诞生在沣河两岸，占90%多；"颂"的38篇，有31篇从这里响起来，占80%多；当然，还有"风"。

中国古代用诗歌收集民间的声音，用礼仪确定社会阶层和人际的秩序，《诗经》是源头之一。乃至由礼仪发展到礼制、礼治、礼教，这块土地上的先民开始探索如何将审美坐标、道德坐标与实践坐标三者合一，整体推行。要不，此刻我怎能在这里听到真善美、诗礼乐的三重唱？

长安之安

　　远古生活的卷轴在心中展开。 诗和礼，还提供了最早的具有东方色彩的社会管理方案，那就是用诗歌、音乐来柔化礼教，来温情、文化礼教。《诗经》之所以由诗而成为六经之首，是因为除诗歌审美以外，它还参与了规范我们社会生活和个人操守方方面面的秩序。千百年来，这些秩序已经积淀为民族精神和文化图腾。周礼周乐的音阶、音律和节奏所含蕴的阶梯意味，既是中国社会层级划分的一个界限，又是一个"乐化"即柔化的连接。中国古代的法制、刑制，由于有了礼教和礼制奠基，又有了诗教和乐教、乐制的熏陶，便多少显出一点文化和温情来——这或许就是所谓的"温情脉脉的面纱"？

　　在远古社会，王侯将相、尊长贵人辞世，本是要用活人殉葬的，曰"人殉"。后来由于礼、乐、诗对人的启蒙，人殉制遭到反对，开始用俑代替殉葬。再后来，又有人反对俑殉。最讲究礼乐的孔子就反对，他说：始作俑者，其无后乎？那些最早做俑殉葬的人会断子绝孙的啊。这是孔老夫子的一个"人本宣言"。这个宣言是背靠周礼发出来的，你没听老夫子一再强调"郁郁乎文哉，吾从周"。

中国许多文字一经解读，或多或少都潜藏着一点礼教精神。
那个"德"字就很符合礼乐之教：左边的双立人和右上的"十"字，
本来画的是一个十字路口，象征百姓的市井生活；中间那个"四"
是眼的变形，说的是王者和尊者眼里要关注市井，要关注民众。
这就形成了最早的"德"字。但眼里有百姓就够了吗？还不够，
便又在"德"字右下角加了个"心"字，强调对底层的关注要用心。
这就是汉语"德"字的涵义。

"六经"和关中地区有很密切的关系，尤其是诗、礼、乐三经，
更是贴近民众的生活。写《大秦帝国》的陕籍作家孙浩晖，曾
经大声疾呼先秦时代（主要是周代）乃中华文化的正源，很有
他的道理。所以呀，《诗经》给予我们的不只是诗，更有经，
有诗、歌、礼、乐并行的古代社会的生活样态，有东方文化的
生存方式。对社会发展和人类文明来说，这是更为重要的。

你看，《诗经》把沣河一带的风光写得有多美，有的还直
接点出了南山。"陟彼南山，言采其薇"，说我在南山下行走，
采撷蕨菜。"殷其雷，在南山之下"，说天响雷了，就在那南
山之下。《诗经》写风光，常常暗传了人的感情。像那首著名

的《采薇》：

> 昔我往矣，杨柳依依；
>
> 今我来思，雨雪霏霏。
>
> 行道迟迟，载渴载饥；
>
> 我心伤悲，莫知我哀。

——过去我来这里哟，依依杨柳一片春绿，今天我来这里啊，却是雨雪霏霏载渴载饥。季节的变幻（春天和冬天），色彩的变幻（绿色和白色），因诗人的归返而融通一体，在春、冬景色的变幻中，传达出游子情绪的变化。你感觉到作者那淡淡的惆怅了吗？他叹惜时光之流逝、世事之变迁，肺腑中弥漫出一种哀伤。这恐怕是中国古典诗歌将生态词汇内化为心态词汇、意态词汇、情态词汇的早期例证了。

《诗经》还写了古人对风雅人生的追求，那是对人生、对自然的一种君子风度。譬如这首《甘棠》：

> 蔽芾甘棠，勿翦勿伐，召伯所茇……

——这茂密的梨棠树你千万不要乱剪乱伐啊，那是周代开国元勋召公待过的地方。以先祖之尊、先贤之教劝诚人们善待树木，保护生态。看起来，这是在说因为人（召伯）才要爱护树，其实这是古诗中人与树互寓的一种手法：像尊重人那样尊重树，像爱护树一样爱护人吧！在天人关系面前，古人显得何等君子，何等风雅！

《诗经》也描绘了古人对待爱情和家庭的风雅之情。像《关雎》，以雎雎鸟鸣寄寓君子淑女纯真的爱恋；像《桃夭》——

> 桃之夭夭，灼灼其华；
> 之子于归，宜其室家。

——花开灼灼的桃树下，姑娘要出嫁了。你到了新家可要好好侍奉公婆，相夫教子，以宜家室啊。一幅多么淳朴风雅的风情画！

也有歌吟老百姓风骨的诗句。那首《硕鼠》大家很熟悉了，它极有锋芒地鞭答了贪官污吏。在《大雅》中还有一首《瞻卬》，痛斥周幽王宠幸褒姒，斥逐贤良。甫一开始，便以排句历数周幽王的昏聩、百姓的苦难，最后大声疾呼：

> 藐藐昊天，无不克巩。
> 无忝皇祖，式救尔后。

——那个时候百姓活得何等艰难，没有一点权利，依然忧谗忧俀，忧奢忧腐，忧天下之不平。他们甚至冒着生命危险，用诗来表达自己的意愿，如此风骨，常常让我心生惭愧！

风光、风骨、风度、风俗、风情，以及风骚——诗歌艺乐之美，《诗经》里写到的这些，展开的岂止一轴审美风景图？那是当时社会几近完整的人生画卷，是先民们在艰难中不失优雅的生存状态。其中许多优美的精神质地，营养了我们几千年。

一阵秋风扫过，落叶追逐着沣水，消逝在渭河平原之上……

2019 年 11 月 13 日，改定于西安不散居

散步未央宫

夏末秋初，偕同各地文学界友人游汉未央宫。是日长安天朗气清，汽车在熙攘拥堵的闹市中艰难穿行，驶到一个名叫大白杨的去处，忽地一拐弯，眼前竟出现了一片无边的旷野。说"无边"毫无夸张，一眼望去，的确看不到边沿，看不到当今所有城市都有的楼群错落的天际线。一碧如洗的远天之上，天公随意抹上的两道云彩，又若双鱼相向而游。有人惊呼：这不是太极图吗？

在寸土寸金的大都市里，无意之中就能够肆意享用到如此辽阔的空旷，我们也太过奢侈了。

秋阳之下，未央宫的墙基以重叠错落的方框，呈九宫格徐徐展开。一步步登上前殿的二十米高台，两千年前在这里理政的十二位汉朝皇帝，走马灯似的在眼前旋转，辽远、简朴的汉韵和汉舞也就在耳旁幽幽地响起。几道光柱斜落于树影之中，把那些陈年旧事一下子照得生动起来，早已经过了眼的烟云又成为眼前的烟云，有声有色地由着你一页一页翻读着。我知道我来到了和汉武帝、张骞、司马迁同一个生命场中，同一处阳光、空气和婆娑的树影下。此刻他们在哪一处树荫深处等我们呢？

待进到西安门，蓦地被一种气场团团裹住，无色无味无声，看不见、摸不着，却分明能够感觉到，那样轻纱淡絮般从心头漫过。是了，张骞当年就是在这里拜别汉武帝，远别故土，一路向西，以陕西汉子特有的执着，付出整整十七年的生命，凿空了那条神奇的丝路。他每一个踏在路上的脚印，在此处迷离的宫墙中，仍可听见回音；他的身影，这里那里犹从墙基掠过。一个月前，我们"丝绸之路万里行"媒体团三十八位记者，刚刚自驾汽车奔驰三万华里、遍走丝绸之路八国归来，今天竟在西安门与博望侯张骞邂逅，当然分外亲切。谈起丝路上的风情见闻，哪里关得住话匣子？不觉羁留了好一阵子。

你无法不在天禄阁、石渠阁久久徜徉。这里是国家图书馆和档案馆，尽藏刘邦入关所得秦之图籍。你想象着，又无法想象，当年的司马迁为了撰写《史记》，是怎样屈辱而又无畏地来到这里爬梳、检阅资料。他在《报任安书》中对自己在宫刑之后感受到的痛不欲生的屈辱，有过那么痛切而充分的描绘——

> 仆以口语遇遭此祸，重为乡党戮笑，以污辱先人，亦何面目复上父母之丘墓乎？虽累百世，垢弥甚耳！是以肠一日而九回，居则忽忽若有所亡，出则不知其所往。每念斯耻，汗未尝不发背沾衣也！身直为闺阁之臣，宁得自引深藏于岩穴邪！

这位受了奇耻大辱而无颜见人，只想藏匿于岩穴的太史公，为了实现他家族的书史之志、民族的存史之魂，目无旁骛、义无反顾地走过这里的一段段回廊、一扇扇窗口，领受着昔日同僚和宫闱下人以目光和议论对他利刃般的凌迟，血流如注地走向历史、走向真理，那是怎样的惊心动魄！

而少府也很勾起大家的兴味。当年花团锦簇的汉宫生活，透过繁忙的宫廷庶务，依稀可感；皇后寝宫的椒房殿，当年取用椒花椒叶和泥砌建，如今墙基依然似有若无地散发着芬芳……

我们向灯下展简疾书的太史公司马迁行注目之礼，向依然在丝路上行走的张骞和整个"博望侯群体"遥祝平安，也插空和怀揣《举贤良对策》正去上朝谏议的董仲舒互道珍重。待我们走到宫门口的汉阙之侧，不期又遇上了大步流星进宫汇报军

187

情的卫青、霍去病将军，没来得及打招呼，他们已经擦肩而过，留下的是汗水和硝烟刺鼻的味道。

沿着光阴的定格，行走于历史的棋盘之上，我们阅读着两千年前这部大汉书，体味着那个朝代的风光和气息。

真得感谢长安人为我们留下了汉朝，未央人为我们留下了未央宫。我知道，在大拆大建已成为当代城市改造大趋势的今天，吃硬面锅盔馍的西安人硬是用一股倔强劲儿，让二环路拐了个大弯，绕开了汉城遗址，"西安二环为什么不方正"已经成了导游词中精彩的佳话。未央宫的护城河一度成为城市排污渠，西安人不惜工本，硬是把这里改造为汉城湖风景带，让市民可以在这座北方古都乘游艇观赏水景，而且可以乘船由市区直达西安北站——西安新建的高铁专用站。这座城市的市民和管理者终于使西安有了城中河，改变了西安自古以来只有八水相绕于城郊的格局。未央人还下决心将汉城遗址内的村落陆续迁出，或就地改造为汉风小镇。又将位于汉未央宫、唐大明宫遗址附近的经济开发区内许多已经成了气候的企业，整体北迁二十公里，远离保护区。是的，汉唐的一草一木，即便是汉唐的空气，也是丝毫不容侵蚀的。

如此在所不惜保护自己城市、保护自己历史的西安人，中国真要感谢你们。感谢你们留下了周朝、秦朝，留下了汉朝、唐朝，感谢你们收藏了中华古史的上半阕。

在卫星照片上，未央宫极像一块芯片，那些无言的墙基如集成电路盘桓成框形，其中每一个空框，都诉说着远逝的风云，装满了沉甸甸的岁月和历史，等待着后人翻阅。而其中，汉武帝刘彻会给你特别的触动。立于宏大的汉宫遗址群，那位缔造这一历史芯片的君主几乎无处不在。汉武帝是中国历史最重要的几个书写者之一，我们民族一些闻名于世的符号在他手中创建。我要特别向此刻正在凭窗远眺的汉武刘彻拱手问安。

自古以来，有两位巨人在北中国大地上疾步西行：一位从北纬 40° 的山海关出发，它的名字叫万里长城；一位从北纬 34.5° 的长安城出发，它的名字叫丝绸之路。它们像中国古代神话中的英雄夸父，在不同的空间，沿着两条平行线，逶迤西去。

丝绸之路与万里长城，是中华民族的两大创造，是中国历史的两大标志。它们西行到了甘肃河西走廊，一位稍稍偏北，

长安之安

一位稍稍偏南，蜿蜒的足迹渐渐形成一个美丽的夹角，终于在嘉峪关有了一个华丽的交汇，碰撞出耀目的火花。"嘉峪"，匈奴语意为"美好的峡谷"。这美好的峡谷虚谷以待，在自己的怀抱中举行了两大文明成果壮丽的合龙仪式。张骞与霍去病，这两位几乎处在同一时代的夸父，作为丝路与长城的形象代言人，在嘉峪关下长揖相会，击节而歌。

秦长城在嘉峪关终止了它的旅途，汉长城继续前行入疆，而丝路则远走异国，把中国人的目光带到中亚、西亚、中欧、南欧，带向世界更广阔的天地。中华文化从此有如涨潮的海、无声的波，融进了世界的交响。

同为宏大的创造性的工程，万里长城像绵延不断的军阵，像森严的盾甲和铁壁，每个城堞都凝结着中华民族的古典智慧和文化成果。丝绸之路则像硕果丛生的长藤，将汉唐长安城、麦积山、敦煌、交河故城、楼兰遗址、克孜尔千佛洞，一直到国外的撒马尔罕、碎叶古城、君士坦丁堡、雅典、罗马，连接起来，几乎串联了欧亚文明所有的珠宝，形成了世界古文明无可争议的轴心线。它像一条华贵的项链，在地球母亲的胸脯上熠熠闪光。

丝路与长城，于是成为人类文明和中华人格永存的图腾。这两个图腾闻名于西汉，不但都与汉武帝刘彻有关，而是在他手里推向了极致。

不过它们又是那么不同，那么易于区分。正是这种在同一人手中"不同"的两手，正是这"不同"的两手，最后竟又能和谐共存，显示出了刘彻的大智慧。也正是这种"和而不同"的交汇，显示出了他在中华文化中的地位。

丝路是融入，让中国融入世界，让世界融入中国；长城是坚守，坚守世界格局中的本民族质地。丝路是开放发展，长城是对开放发展成果的保卫；也正是丝路的开放发展，支撑了长城的坚不可摧。长城是战争的产物，丝路是和平的引言。长城以武力争斗处理民族和国家关系，所以让大将军卫青、霍去病出击，所以在长安通向北方的路上，给我们留下了络绎不绝的拴马桩和烽火台。丝路则已经在探索以友谊、以商业、以文化交流、以政治结伴来处理民族和国家关系的新路径，所以派使臣张骞、班超出行。这样便有了丝绸、瓷器、茶叶、纸张等中华文明的西行，有了胡椒、番石榴、胡乐舞的东渡。张骞也便成为我国有史可查的代表帝国王朝的第一代外交家和对外商贸、文化交流的使者。汉武帝封张骞为"博望侯"，那是期许中华民族永远以博大的眼光和胸怀去看待世界吧。

对入侵者出铁拳还击，对朋友伸双手拥抱——中国人自古以来就是如此气度，刘彻则将其提升为"以战合纵，以和连横"的国家战略。长城更以自己的防御功能，宣示中国人若动干戈，从来不轻易出拳，从来都立足防卫。丝路则宣示了我们结谊天下的主动性，我们愿意先伸出双手去拥抱朋友。这便是"长城"和"丝路"昭告世界的中国文化传统。

而作为国策的这软、硬两手，最高的决策者都是汉武帝。

未央宫遗址、大明宫遗址、古长安、古丝路、古长城，和所有的人类文化遗产一样，都是智慧的聚宝盆、历史的回音壁。远去了驼铃，远去了鼓声，只要你一旦又站在了这里，它们重又会在城堞之间回响。

2014 年 11 月 1 日，西安不散居

丝竹华清宫

遐迩闻名的华清池，素常给人们看到的是那种被阳光烤焦了的喧闹，轻易不让你领略它的娴静雅致。这天，我在园子里住下来，游客散尽，喧嚣远去，独步于月下池畔，摇曳的水光里几尾鱼儿悄悄吐着泡，水泡轻轻地破裂，应和着草中的虫鸣。只有这个时候，李隆基和杨玉环的故事才洗尽了宫廷的铅华，以一个纯粹的爱情课题浮出了水面。

李隆基与杨玉环的爱，因是皇室的爱而成了"著名爱情"；李隆基又因是工音律重爱情的皇上，而成了"著名皇上"。权力与人性两重角色相互冲突又相与彰显，这种命运纠葛也有别的皇帝遭遇过，但在唐明皇身上，不是由权力，而是由爱，取得了最终的胜利，这是极不一般的，也是平民百姓极愿意认同的。皇上和平民，在这个故事中实现了某种沟通。李、杨爱情之所以能成为千古绝唱，这大约是个原因。但依我看这也只是一半答案，只是隐藏在具体故事中的叙事意蕴和结构意蕴，还有另一半答案不能忽视，即故事外的文化传播和文化象征因素。

这就要说到四个字：诗、文、戏、水。没有诗（白居易的《长恨歌》）、文（陈鸿的《长恨歌传》）和《唐明皇秋夜梧桐雨》《长生殿》等相关的戏，李、杨爱情怕很难流传到今天。也正是历代诗、文、戏对这个故事的发掘和重构，才使那段爱情这般美丽，内涵这般丰富。

此处要特别说一说"梨园"。梨园是一千二百多年以前由工音律、善戏剧的李隆基创建的表演艺术活动中心。因是我国历史上第一所皇家戏剧学校，便成为戏剧歌舞这一行的代称。一千多年来，李隆基也便成为梨园的祖师和圣人，被尊为"老郎"，受到历代梨园弟子、梨园会馆虔诚的礼拜。他于是在两个世界——现实的与虚拟的、政治的与艺术的两个世界，成了圣上。现实的皇帝只当了四十来年，梨园艺术的圣上则当了一千多年，直到今天，直到今后。玄宗闻名于世，这也是一个原因吧。

玄宗时代有四大梨园，骊山绣岭下的华清宫梨园不算最早，却最盛，仅"坐部伎"弟子就选了三百，发掘出来的"工"字形梨园遗址近千平方米，也最有特点。唯此梨园有温泉，唯此梨园融入李、杨爱情的深处，构成展示绵绵长恨、千古绝爱的重要舞台。华清池畔，李隆基与杨玉环比肩施乐于教坊，嬉戏于骊山，沐浴于温泉，种种画面都在白居易的诗句中得到了鲜活的描绘。他们的爱，在现实与虚拟两个世界出入。

诗、文、戏、水，最后再来说贵妃，说温泉。水和女性和艺术，有一种与生俱来的血脉关系。华清宫里拥抱杨玉环肌肤的温泉，不但象征着爱情的热力，增添着女性的美丽，掩映着胴体的神秘，更使古代梨园戏由单纯的艺术言说向真切的艺术行为转化。温泉便这样成为爱情的证物和艺术的象征。

从发生在华清宫的这个故事里，我们看到了隐藏着的一个绝妙的四边形结构：权力—爱情—梨园—温泉。权力是实在的历史社会功利，爱情是曾有的人性情愫，艺术是被虚拟化审美化了的感情，温泉则是至今还热浪翻飞的感情象征。四边形构成一个空框，那是任谁都可以将自己的生命感悟、人生智慧投进去，与其融为一体的啊。

月亮从树影中挪步而出，听着夏虫这娓娓的四重唱，一时入神而忘言。是夜应友人约，为正在周至县仙游寺建造的毛泽东所书白居易白乐天《长恨歌》诗碑补壁，凑了四句，墨汁淋

长安之安

漓地书于宣纸之上——

> 乐天难乐地，
> 长恨寄长爱。
> 仙游叹一曲，
> 华清何时再？

虽是几句大白话，在华清夜月独有的环境之中，倒也寄寓了自己真切的感慨。

2008 年 8 月 24 日夜，华清宫

惜别长安城

这次随"丝路万里行"车队跑丝路八国，要离开我生活了五十年的西安整整两个月，是那么想写一写我与这座城一辈子的缘分。

世人对西安太熟悉。这次由中国、哈萨克斯坦和吉尔吉斯斯坦跨国申请丝绸之路为世界文化遗产成功，三国三十多个节点，西安一城就有五处入选（汉未央宫、唐大明宫遗址、大雁塔、小雁塔、玄奘舍利子存放地兴教寺），此外陕西还有城固的张骞墓和彬县的大佛寺，共七处入选。这些世界文化遗产和别的著名文化文物古迹，西安人每天阅读，国内外许多人也耳熟能详，用不着我多说了。随着车队渐行渐远，我想用抻长了的空间距离，筛选、简化、凝炼自己心中对长安城的印象，那就是：一枚"印"，两颗"心"，两条"线"。

钟楼是西安的中心，也是这座城市的标志之一。我给钟楼撰写过一副联，镌刻在它入口处两边的柱子上。

长安之安

上联是：

阳春烟景八百里秦川唯此楼坐镇

下联是：

大块文章五千年华夏赖斯玺铃印

说的是钟楼坐镇八百里秦川，像一颗金印在华夏历史上盖下了自己的印迹。其实，确切地说，钟楼只是这个金印上边的瑞兽，整个印章应该是西安城墙周长十几公里的那个方框。西安城外的曲江池、浐灞湖和昆明湖，则是历朝历代留下的几池上好的印泥了。这副对联极言了西安在陕西和中国的重要性。毫无疑义，长安是中国乃至世界古代史上篇中最精华的篇章，又是中国现代史中昂扬向上的一段旋律。

如果说中国的地图状若一只朝东司晨的金鸡，西安则大致处于这金鸡的心脏部位，谓之"鸡心"应不为过。又如果说整个中华民族的历史文化有如一部内存很大的电脑，那么不夸张地说，"长安——西安"完全可以被称为这部电脑的"机芯"，这是"心"之又一谓。此为"长安二心"。

西安的东西走向，朝着北纬 34.5° 展开；南北走向，朝着东经 109° 伸延。可别小看了这两条线，它们有许多神秘之处，有待世人解读。

沿北纬 34.5° 朝西安之东看，是一条中国的古城线。西安——洛阳——新郑——安阳——开封，大致都在这一纬度上。沿这个纬度朝西安之西看，又正好是丝路联结着的世界古都线。两河流域的古巴比伦文明、古希腊、古罗马、古埃及、古波斯文明，大致（当然只是大致）都在这一纬度上。世界四大古都西安、开罗、罗马、雅典，还有伊斯坦布尔，也都大致在这一纬度上。这条纬线是中国和世界文明的命脉。

东经 109° 左近，又是中国历史的浓缩线，华夏各个历史阶段的身影在这个纬度上频频出没。由南往北看，蓝田猿人——半坡仰韶文化——黄帝文化——周、秦、汉、唐文化——延安革命文化和西安事变，在这条经线上演出了一幕幕鲜活的历史剧。我们民族许多关键时期都在这里领取通关文牒。阿房宫、未央宫、大明宫、大雁塔和古城墙里，隐藏着多少曲折迷离的

长安之安

人物和故事。

西安作为古丝路的出发点，在西安城里其实可以说出好几处。国家使节张骞是从未央宫出发的，民间商贸驼队从大唐西市出发，唐玄奘则是在皇帝没有给他护照的情况下偷偷西行的。古丝路政治外交的、经济商贸的、文化信仰的多个出发点，在这座古城叠加。

正如我在《西京搬家史》一文中写到的，极有意思的是，半个世纪中我在西安搬过五次家，竟离不开钟楼附近、城墙内外、兴庆宫、丰庆宫对门，与历史如此这般深的缘分，能不自豪？我天天穿过城墙和碑林上班，竟无暇顾及隔三岔五路过的汉鸿儒董仲舒之墓和唐花萼相辉楼。我在城墙下捡过秦砖汉瓦。儿子在南城墙根的开通巷小学和西安高中上了十多年学，爬城墙玩大。老妻是西安交大教授，每天路过交大校园里的西汉墓壁画二十八星宿天象图去给学生讲课。而最近十年，我们家竟然又落脚于唐代西城墙遗址附近，儿子则住进了大唐西市的社区，干脆住到丝路的起点上来了。两代人的命运如此和古城相融，这般和丝路交缠，真是不炫耀也难。

这些年来，我写了许多关于长安文化的文章，怀着一腔热爱解读三秦和古城，也痛切地针砭这块土地上的各种弊病，因而甚至一度被口诛笔伐，一度又被父老乡亲称为"古城代言人"。

北京奥运会火炬传递到西安时，我受邀去中央电视台做现场嘉宾解读，讲西安大致有三个生存圈：一个是城墙内外的古风生存圈；一个是二环、三环内外的现代生存圈，这里有高新区、经开区、大学区、曲江、浐灞和三星国际社区，商贸金融十分发达，是西安最具竞争力、最有青春气息之处；第三个生存圈是生态生存圈，是由秦岭山麓、西咸新区、渭河两岸和浐灞水乡合围起来的新城区，这里环境好，是田园山水之城，适合绿生存、慢生存。三个生存圈记录了西安的历史脚步。

奥运火炬经过朱雀大街时，我讲韩愈写的"天街小雨润如酥，草色遥看近却无"名句中的"天街"，就是当年的朱雀路啊。我讲玄奘取经回国，唐太宗如何派大臣房玄龄出朱雀门迎接这位丝路归来的文化大使，又安顿他去大雁塔下的慈恩寺译经。

如果以前总是沉浸在古城浓郁的文化场中，不能自已地陶醉，这次丝路之行，我将会把生死相依的故乡放在新的时空延长线上，放在国际丝路、全球发展的更大格局中，重读我的故乡——西安！

2014 年 7 月 19 日，中国天水旅次

深掘脚下的土地

读完《交通大学西迁校址千年考》这本书，我专门去了一趟西安交大的兴庆校区。几十年来，这里的一切都那么熟悉，而此刻，这里的一切又都略显了陌生。

樱花刚谢，余香犹存，在林荫道上一步一步走过，我问自己：你真的了解这所学校、这座校园吗？真的懂得脚下这片土地吗？

其实从每座校园走过，你的脚印都会重叠万千从这里走出去的学子和终年工作生活在这里的教工的脚印。但很难有一所学校，在那些杂沓的脚印深处，还积淀着几十年、上百年乃至两千年来贤者文士、师长学子的脚印。

我当然知道，此刻自己的脚印正叠印着这所学校创始人盛宣怀以及先行者唐文治、彭康的脚印。但朝樱花道尽头看去，朝高楼和蓝天尽头看去，你怎么能想到，我们的脚步还追随着西汉太学——那所我国最早的学校里最早的博士和学子们的脚步，追寻着提倡西汉独尊儒术的董仲舒在下马陵的脚步，追寻着汉壁画天象图二十八星宿的余韵，追随着司马相如《上林赋》

描绘的汉代勇士的操演呢?

在这座校园里,我们还追随着李白在兴庆宫写"云想衣裳花想容"的才情,追随着唐玄宗与杨贵妃联袂歌舞"霓裳羽衣"的身影,当然,还有安禄山"胡旋"的狂傲。

在这里,你能看到东亚各国遣唐使的足迹,其中有多年跨海任职于斯的日本人阿倍仲麻吕。还能看到唐代画家吴道子和韩干的壁画丹青。而人所熟知的白居易,就是那位写过《长恨歌》和《琵琶行》的中唐诗人白乐天,竟在这座校园里整整住了三年,写过传诵千古的《养竹记》:竹本固,固以树德;竹性直,直以立身;竹心空,空以体道;竹节贞,贞以立志……他对竹子的称颂,不正是对今天莘莘学子的殷望吗?

在这里,你能听到两千年历史在岁月尽头的回响,你能看到汉隋唐元明清的人物和生活图景在土地深处再现。古代丝绸之路许多国家和地区的文明,也在校园的历史长卷中徐徐展开。

格局如此宏大,文化如此纵深,这是西安交大的兴庆校区吗?是的!《交通大学西迁校址千年考》的作者们,爬梳史料,广征博引，严谨地考证了这座百年老校的千年文根，确凿无误地告诉我们：这个回旋着史声和文韵的去处，千真万确，就是西交大。在这片现代科技密林的最深处，竟掩映着如此绚丽的传统人文之花，熟悉的校园真是让人陌生了。

我在国外讲学时，曾经通俗简明地表述过古代中华文明的大结构，那是一种"两区""两河""两圈"和"两路"的双重互补结构。

"两个区"：从中华全域看，有农耕文化、游牧文化两大区域。自古以来，我国便有着这两种生存方式和生存观。它们相辅相成，互激互补，成为中华文化重要的内生动力。

"两条河"：从农耕文明看，中国又有黄河、长江两河文明异时异地的传递。黄河文明支撑了中国古代史的上半部，长江文明稍后崛起，支撑起中国古代史的下半部。"两河文明"在唐宋之间接力传递，有效地解决了中国社会稳定发展和中华文明永续不断的课题。

"两个圈"：从世界范畴看，中华文明也是两个圈层的互补结构。千百年来多少人去海外打拼，建立起无数华人社区，使中华文化与世界文明的融汇越来越深广。这很像是一个鸡蛋，本土的中华原生文明是"蛋黄"，融汇于异域的中华再生文明是"蛋清"。海外中华文明传播弘扬了本土文化，它在与异国异地文明的融汇中，又不断生成着中华文明新的因子。它极具接轨世界的活力，是中华文明最早融入世界的一部分。

"两条路"：陆上、海上丝绸之路。以先行者张骞与郑和为标志的这两条路，拓展了中国以外向发展促内生发展的新空间。从经济上看它是一条含金量极大的钻石宝链，从文化上看它又是一道飞越地球的七彩霓虹，促进世界在和而不同中共同进步。

应该说我们每块国土，大致都感应着这种双重互补文化结构的某些局部，但像西安交大这样在多个方面全息着中华文化结构的，怕是不多。一个具体的文化单元有如此辐射力，太为珍贵了。

从这个文化坐标来看，可以说交大从成立时的徐汇校区，到西迁后的兴庆校区，再到二度西迁的创新港校区，其实贯穿着两个层面的精神：一是社会实践理性层面，那是国家民族责任感的贯穿，即南洋公学时期的实业救国、徐汇校区时期的精英护国、兴庆校区时期的西迁报国，以及正在起步的创新港时期的创新强国。这是爱国奉献精神的贯穿。还有一个层面，便是文化理性精神的贯穿。一百多年前南洋公学建立，中国有了自己创办的最早的现代模式大学，这是在社会转型（如洋务运动）大背景下，世界现代教育模式引进中国的先声，是世界现代教育文化通过海上丝路促进中华文化海外融汇圈向本土生成圈辐射的一个成功案例。它和其后清华、北大等一大批现代大学的建立，显示出中华文明内、外两圈层交互作用的活力。

因此，1956 年西安交大由上海西迁到西安、由东部西迁到西部、由沿海西迁到内陆，完全可以视为在中华两河文明、两路文明基础上，一次新的融汇再生，也就是相对发达的长江文明、海桥文明向黄河文明、陆桥文明的一次文化西迁。这是我们民族在开发西部、寻找国家的再次振兴中，一次自觉的文化战略行动。

表面看起来由发达地区向欠发达地区的迁移，实际上含蕴更为深刻——它还是现代教育、科技研究向中华传统文脉的深

长安之安

度进入和根性回归，同时又是海上丝路与陆上丝路在新历史背景下的一次衔接。西安是古代陆上丝路的起点，不但辐射着中国的腹地，也辐射着中亚、中东直至欧洲、北非。因而，交大"西迁"既回归了本土和根脉，也从另一个方位上回归了现代和世界。

而西安交大在新世纪再度"西迁"到西安之西的"创新港"，就更有着陆海丝路面向新世纪、新世界又一次深度对接的新寓意。"港"是扬帆远航的起锚之地，是新的出发之地。新的出发，主动力是什么？当然是"创新"！

第一阶段的西迁是国家发展战略西移的创新行动，这一次西迁更是引领整个西部科技创新、带动西部经济文化全面发展的创新。这次创新，赓续了这块土地上大唐东市曾经的繁荣及其面向世界的开放精神，促使西安交大成为现代"一带一路"起点上的教育科技枢纽和高地。几年前西安交大成立"一带一路"高校联盟，沿线三十多国的二百多所高校很快积极响应，不就是一个明证吗？

我们脚下的每一片土地都有着无穷的宝藏，等待我们去深垦细耘，等待我们去重新发现、重新感味、重新认识。对于中国高校重镇西安交通大学来说，更是如此。《交通大学西迁校址千年考》这本书，正是深掘交大校园精神矿藏和文化积淀的一个成果，是学校难得的"乡土教材"，也是从新角度感知古都长安和千年丝路的一个好读本。

就此打住，好让你早点开始满怀兴趣的阅读。

2019 年 4 月 29 日，西安不散居

长/安/之/安

CHANG'AN ZHI AN

散步长安

长安城头月

长安城头的月亮，在历代诗文中都带一点悲凉、一点沧桑，那是糅进了太多历史烟云和人世哀伤吧。古人以"墙下草如烟，城头月似弦"的意境，将冷调子的长安城头月，沉淀进中华千百年的记忆里，于是结晶出现代诗人余光中的名句：

冷冷，长安城头一轮月／有只蟋蟀在低语／是一面迷镜／古仙人迷失在这里

余光中看到的是千古人物在冷月下无声地走过，只留下蟋蟀的踽踽低语。对诗人描绘的这一切，我真是太熟悉了，熟悉得似乎没有了感觉……

我在西安南城墙外住过八九年，每天几趟穿城墙而过，隔三岔五还喜欢上去走走。老邻居了，不见便想得慌。但如若从历史记忆拉入现实生活，便会有稍稍不同的感觉。那感觉不是静的，是不知不觉间一点一点变化着的；不是冷的，是似有若

211

无中一点一点温暖着你的。

先是看到儿子上开通巷小学时经常攀爬的那些残垣和缺口，不知什么时候被精心地"整旧如旧"，竟一一修好，成了完整的却依然古朴苍劲的城墙。再是看到环城公园的林子密了，水清了，花盛了，蜿蜒其中的路规整了，晨练的、跳舞的、发呆的、谈情说爱的、自娱自乐的，无论晨昏，游人疏密有致。后来又看到城外的马路越拓越宽，洋楼越抻越高，南二环、高新区更是再造了一座现代新城。记得我曾写过一段文字，说老西安城墙外这几年站起了一大群金碧辉煌的花花公子，肆无忌惮地窥探着躲在古城里的千年闺秀，但看到的常常是衰老。我多么希望新城对老城这种悲剧性的叩问，能够很快演化成喜剧性的引领！果然现在不一样了，对贴墙而走的顺城巷的全面改建，使古城墙慢慢出脱成一个美妙绝伦的古典佳人，其最动人的时刻，便是沐浴在月色之下向你回眸的瞬间。

一个月圆如镜的秋夜，我与友人在南城楼上喝茶，有一句没一句地说着话。看着城楼的华顶飞檐、兽脊风铃，看着城外的车水马龙、流光溢彩，一种突然心动的感觉流星般划过。月是圆月，启动你归家团圆的心绪；城是方城，以拒斥、抵御为初衷，而终于落在凝聚、包容上，成为我们家园的象征。月光的确有点冷，它只是在时空深处不动声色、遥远而又遥远地看着你；城市却是热的，城墙下的生活是贴着你、热络着你的。星移斗转，月亮一直在运动着，而营构出来的却是静谧无比的气氛，造就的是一种敛神遐思和情寄高远的空间；城墙是岿然不动的，却以千百年的不变，印证着恒变的时间，印证着无比鲜活的、汩汩流动的光阴。看那轮月，一味的清虚飘渺，虽像镜子，照出来的不是你的倩容，却是你内心的景致；城墙是实实在在的，要你去打扮它，每一点都要切实地动手。停滞从来是智慧的黑夜，不舍昼夜前进着的历史和生活才是承载智慧和创造的河流……一连串的对比涌现出来，激发着天人哲理、情愫心绪的碰撞。突然心动的感觉真好，真像是流星划过去，许久许久闪烁在脑海之中，好令人迷醉。

这时候，不知环城公园的哪棵树影下吼出了一声秦腔，在夜空的云絮中飞高遏低地远去。这一声若角儿的叫板，我接着便听出了满台的戏：护城河里有鱼儿在躞蹀，林子里有恋人在热吻，城墙根望月的老人正在思念那些在城墙根逝去而不了的岁月，年轻的母亲给膝下的孩子喂食……月的清辉柔柔地铺在千百年来无数诗人走过的街坊之中，古城的土地便好像有了温度。真是有点醉了……

再回到余光中。长安城头月，虽是一面"迷镜"，照出的却是生活迷幻般的变化。真盼着诗人不再一次次用邮票邮寄自己苦涩的乡愁，还是选个日子，抬腿跨过海峡，来长安城墙赏月吧！我们等待着你。

2006 年 9 月 24 日，西安不散居

法门语茶

甲申年清明，有扶风法门寺之行。此行专为参加第三届法门寺茶文化国际学术讨论会，以茶论学，以茶会友。是夜，邀三五旧友品茶说艺，直至月悬中天。回到房里，只见窗口洒下一方清辉，好似月色走进了房门。当下便银装素裹了心境，细细寻味半夜的茶话，不意竟品出饮茶三境界来。你道是哪三境界？一曰悟心之饮也，一曰审美之饮也，一曰奢欲之饮也。

唐天宝年间，以写边塞诗闻名的高适，偕友下榻佛寺，与老僧谈禅论诗、品茗听琴，吟得《同群公宿开善寺赠陈十六所居》一首：

> 驾车出人境，避暑投僧家。裴回龙象侧，始见香林花。
> 读书不及经，饮酒不胜茶。知君悟此道，所未搜袈裟。
> 谈空忘外物，持诚破诸邪。则是无心地，相看唯月华。

在这里，诗与茶与禅，三位一体，相与濡染，氤氲出一种沉醉在茶道、禅道、心道之中而物我相忘的境界，恰似那月华泻地的境界。你说，可不是悟心之饮吗？

品茶到了晚唐诗人白居易那里，却又不同，有他的《睡后茶兴忆杨同州》一诗为证：

> 昨晚饮太多，嵬峨连宵醉。今朝餐又饱，烂漫移时睡。
> 睡足摩挲眼，眼前无一事。信脚绕池行，偶然得幽致。
> 婆娑绿荫树，斑驳青苔地。此处置绳床，傍边洗茶器。
> 白瓷瓯甚洁，红炉炭方炽。沫下曲尘香，花浮鱼眼沸。
> 盛来有佳色，咽罢余芳气。不见杨慕巢，谁人知此味？

白乐天在这首诗里，不但细致描绘出一幅唐代文人的饮茶图，而且对饮茶作了审美的、文化的升华。前面十句，简朴明快地交代了饮茶前的状态和心情，明确地将茶作为酒的对立物，不仅是生理意义上对醉饮滥食的克化，更是精神意义上对醉生梦死的消解。茶与酒都升华为一种人生的价值态度和情绪状态。后面十句，几乎把饮茶的每个具体环节都做了审美转化，瓷而"白"、瓯而"洁"、炉而"红"、炭而"炽"、尘（烟气）而"曲"，加上香、沸、色、气，一层一层地描绘，使饮茶解渴进入了品茗审美的境界。最后"谁人知此味"，更将艺术画面深深切入人生境界。虽是审美之饮，却有人生之味。

如果说悟心之饮最能体现中国茶道的精髓，即提形以入神、升利而为义、克奢以从俭、删繁而就简、化动以生静的儒道释相结合的精神，那么，审美之饮则最能体现中国茶艺的神韵，这就是对茶品水质、茶具茶艺的讲究，对茶、话、诗、乐动态组合的关注，尤其是对饮茶与心绪、环境及茶道和人道之间关系的重视。悟心之饮和审美之饮，可以说是中国茶道的化境了。

不过中国自古以来也有奢欲之饮。茶清洁着中国文化，清洁着中国人的心灵，但中国文化和中国人的心灵中那些负面的东西，也龌龊着茶，龌龊着清心寡欲、清正平和的茶精神。古籍中有些写茶道茶艺的书，记载了唐代宫廷清明茶宴的奢侈景象。清明茶宴的亮点，是品尝"明前茶"。为了让江南的"明前茶"能赶上京城的清明茶宴，专门设置了机构——贡茶院，开辟了千里传递的贡茶路，称之为"急程茶"。清明茶宴乃皇家大宴，有御前礼官主持繁琐的仪式，有太监宫女跪侍敬奉，有皇上的诏谕、文人的颂词、百官的唱赞、美女歌伎妙曼的乐舞。宫廷的茶具更是金碧辉煌，极尽人间富贵。宫内宫外无不以能够参加皇家清明茶宴为荣，茶宴于是成为争名逐利、邀宠献谀的所在，成为展览中国皇权文化、官场文化、妃妾文化、奢欲文化的场合。张文规在他的《湖州贡焙新茶》一诗中描绘"急程茶"由千里飞骑运抵京城时，"牡丹花笑金钿动，传奏吴兴紫笋来"的轰动情景。万人空巷的传颂、红男绿女的迎候、炙手可热的景象背后，有多少血汗泪水，有多少赋税徭役，有多少敲诈勒索，有多少机心巧计？清明茶、清明茶，怕已是说不清道不明了，怕已是离茶的本旨相去万里了。

喝茶这个玩意儿，对咱们中国人实在有一点儿神秘。它是养生的上品，更是养心的上品，不但是健身之饮，更是健心之饮。青山绿水养就的茶，将山灵水魂带到我们心里，让我们在人生的苦涩中品出一点甜，在心灵的荒漠里拓出一片绿。我想，即就对于国外的饮者，饮茶怕也会在经意不经意之中，由口入心地渗濡进一星半点的中国哲学、中国气象吧。

2004 年 9 月 15 日，西安

代跋：向西的人生

◎李秀芳

戊戌年春节前后，是我们家的大忙时节。先生云儒一天三晌趴在电脑上，"汗流浃背"地写着他的第三次"丝路行"书稿。两个小孙女安安静静地各自读书、做作业，说话、走路都是悄悄的。家里成了一个忙碌而无声的"车间"。他出产品，我搞质检与后勤。每"生产"出一篇文章，我这个"第一读者"便要读，要谈第一感受，担起质量检验员的职责，查证资料、勘误文字。

读着一篇篇刚出炉的、热乎乎的文字，我的思绪又回到了四个多月前"2017丝绸之路万里行"的五十多个日日夜夜。家有亲人在外，我当然是丝丝缕缕的牵挂萦怀，自成了丝路微信群里最忠实也最缄默的阅读者。我的心伴着"比亚迪"的车轮滚动驰骋。我敬仰于莫斯科红场和无名烈士墓的神圣，陶醉于圣彼得堡芭蕾舞剧《天鹅湖》的优美动人和涅瓦河畔的极夜漫游，欣喜于爱沙尼亚老人邂逅中国"丝友"即兴演唱中国歌曲《大海啊，故乡》《茉莉花》的欢悦。我和"丝友"们一道眺望阿尔卑斯山的白雪和多瑙河的碧波，一道感受维也纳金色大厅的旋律和布达佩斯英雄广场欢迎仪式的隆重，也一道为马其顿山区乔瓦尼老人一家对"一带一路"的热切期盼而感动。我赞赏"丝路万里行"团队全体"丝友"初心不改、同甘共苦、勇敢担当的铁哥范儿。我也锥心刺骨地愤恨纳粹法西斯在奥斯维辛集中营的滔天罪恶，痛彻肺腑地缅怀一百多万无辜生灵的惨遭涂炭……

丝路是一本好大好大的书，终此一生未必能够读完。走进西部、西部向西，再走进丝路、走向世界，是我们不懈的人生追求，也给予我们不息的生命动力。

也许是命运使然，我的一生皆与西部和西部之西结缘，与西迁、西进结缘，与向西的丝绸之路结缘。我的籍贯本是山东济南，一百多年前举家、举族西迁，和同时西迁过来的几十万山东移民一起落户陕西，从此关中平原上便有了星罗棋布的"山东庄子"。"山东庄子"里的乡亲至今依然说山东话，行山东风俗，吃山东煎饼，时不时回山东探亲访友、寻根问祖。近年生活富裕了，更是续族谱、写回忆、编文集、拍电视电影，再现那次向西大迁徙。要知道，"天下无人不识君"的著名导演吴天明、著名主持人陈爱美，可都是从我们"山东庄子"走出来的啊。爱美每次见我，一开口就是山东话"姐姐"，而不是她播音时那标准的普通话。那真个是乡音亲亲、乡情悠悠，故土难离，祖根不断呀。但"山东庄子"的人也很快融入了西部生活和西部文化。我的父兄在这块沃土上年复一年地耕耘、播种、收获，爱山东柳琴戏的我们也爱上了秦腔和眉户，爱煎饼大葱的我们也爱上了肉夹馍羊肉泡。我们走向了西部，而后扎根于西部。

这么多山东人为什么会西迁陕西呢？有一种说法是，为了填补一百四十多年前由关中平原群体西迁中亚的回族兄弟离开所造成的空缺。当时有几万回族同胞沿着丝路方向，过关陇，走河西，穿行新疆，翻越天山，在中亚楚河两岸安下了家。经

长安之安

过一百多年的休养生息、繁衍发展，现在已经成为跨越哈萨克斯坦、乌兹别克斯坦、吉尔吉斯斯坦三个斯坦国的一个独立民族——"东干族"。他们以自己的辛劳和智慧，融入了所在国的生活和文化，但也执着地保存了中国的、老陕的语言和习俗。云儒几次跑丝路，到过这三国好几个东干族陕西村，还写过几篇关于陕西村的文字。其中有一篇的题目叫《桥墩》，说他们是为丝路打前站的人，是亚欧大陆桥的"桥墩"。当云儒给我讲他们在当地陕西村里参加有中国古风的婚礼、吃关中坊上的饭菜、用陕西话聊大天时，我蓦地想到了自己家族的西迁，想到了"山东庄子"里中国东、西部文化的交汇和保存。山东人入陕的西迁和东干人跨国的西迁，在我们身上、在同一块土地上衔接起来了。国内西迁之路与国际丝绸之路竟然在我的人生中接轨，让我生出一份长久的自豪和感动。缘分呀！

我1966年高中毕业，"文化大革命"期间"停课闹革命"、到农村、进工厂，自己的大学梦几乎破灭。整整十二年之后，命运却突然眷顾我们这批"老三届"，已经结婚生子的我竟然有幸赶上恢复高考，竟然有幸考上了西安交通大学！我的大学和我的家族，命运何其相似乃尔——它也是西迁来的！我和我的学校都是由东部（山东和上海）西迁西部，我和我的学校都是在西部扎下了自己的根系。在这所令我自豪的西迁之校，我由学生到老师、由上学到留校、最后到退休，待了大半辈子还没待够。三十多年在交大的学习工作生涯，铸就了我的学养追求、致思方式和价值取向。我满腔热忱地拥抱着交大，也在交大温润的怀抱里成熟。

2017年末，我们西安交通大学的十五位退休老教师给习近平主席写信，汇报学习十九大报告的体会和交大西迁六十多年的发展情况。习主席很快回信，对交大西迁加以肯定，后来在"2018年元旦献辞"和好几个场合数度提到"西迁精神"，向交大人致意。十五位老教授中好几位我都很熟悉，其中卢烈英老师当年就是我们的授课老师。我知道许许多多师生放弃上海优越的条件，积极响应国家"建设大西北、向科学进军"的号召，克服困难，义无反顾地投身西迁的故事。彭康校长带队在西安东郊的麦田里踏勘校址，陈学俊教授交出上海的住房举家西迁，钟兆林教授因家属有病只身奔赴西部，等等。我沐浴在交大拼搏进取的环境中，亲历着交大人筚路蓝缕、砥砺前行、矢志不移的奋斗历程，践行着胸怀大局、无私奉献、弘扬传统、艰苦创业的"西迁精神"，教书育人，报效祖国。一代一代的交大师生，每一个人都是"西迁精神"的传人。

我是在上交大之前成家的。怎么也想不到，我的这位云儒先生竟然也是一位"西迁人"，而且后来又成了"丝路人"。他由东南部的江西南昌，北上京城读书，然后来到陕西西安，从此安营扎寨。公公、婆婆是 20 世纪 30 年代的北京的大学生，在"一二·九"运动中相识、相爱、结合。公公是中共地下党员，当年他们随西北联大西迁，辗转西安、延安，到陕南城固，又去巴蜀重庆工作；后来接受组织派遣去了井冈山，终长眠在那块红土地上。个人命运和历史趋势都这般未曾约定，却又这般似曾约定。我对云儒的"西迁"身份开始并没有意识，是冥冥之中的某种安排，让我生命中又多了如此重要的一个"西迁"元素。更巧的是，他来到西安二十年的时候，开始全面转入了西部文化—西部文学的研究，他是那样一往情深地跑西部、写西部，投入西部的怀抱。他的长篇论文《美哉，西部》在 20 世纪 80年代初刊出后，引起社会与学界轰动，我们是那样的激动和兴奋。1987年，他的专著《中国西部文学论》出版并获得中国图书奖，更给了我们关注西部、研究西部、走进西部的信心和力量。从 2014年起，他又不顾年迈体弱，随车队从西安出发，三次行走丝路近五万公里，跑遍丝路三十多国，在途中、回国内，写丝路、讲丝路，甚至一谈丝路便两眼放光，喝了酒似的兴奋。我们全家也便这样成了"丝路迷"。在他的熏陶下，儿子从小就爱在地图前半天半天地琢磨，将中国和世界稔熟于心，如今已届不惑却依然沉醉在青年人的梦中，书架上摆满了一套套国内外探险西部和丝路的著作，多年坚持订阅着全套《国家地理》。孙女还不足十岁，儿子便独自带着她去了宁夏沙漠。又一年，儿子干脆约上朋友驾车将女儿带到了北疆的喀纳斯湖畔和中俄国境线。儿媳则是搞出版的，也想抓住机遇开掘老爸身上的西进资源。

两个素未相约的人，从各自的原点先后西迁，然后在这座素未约定的城市——丝路的起点城市西安相会，相约终身，牵手西行。江西、山东——西安、西安交大——西部、丝绸之路，我的人生便这样叠印着江南的灵秀和黄河的涛声，叠印着古城墙的皎月和黄土地的丰腴，叠印着大漠驼铃和欧陆风情，也叠印着西迁交大的勃勃生机和再度西移的新时代西交大创新港的二次腾飞。

我的先生调侃说，命也运也，你这是缘分所至，在"劫"难逃呀；我笑着反驳道，恐怕这应该是精诚所至，金石为开吧。

2018年2月28日，西安